DIE TOTEN VON SILBERNAAL

Über dieses Buch

Die Handlung dieses Romans spielt an realen Orten. Die Handlung und die Personen sind frei erfunden. Nicht erfunden sind die historischen Ereignisse. Und vieles von dem, was hier beschrieben ist, etwa die Tatsache, dass es zahlreiche Gefangenenlager gegeben hat, in denen unmenschliche Zustände geherrscht haben, dass Menschen erschossen wurden, weil sie ein Stück Brot an einen Gefangenen gegeben haben, dass Menschen malträtiert und ins Zuchthaus gesteckt wurden, weil sie nicht zur Wahl gegangen sind – all das hat es gegeben. Allerdings ist liegt es nicht in der Absicht des Autors, mit der Handlung dieses Buches einen direkten Zusammenhang zu realen Personen herzustellen. Jede Ähnlichkeit der hier beschriebenen Menschen zu realen lebenden oder toten Personen wäre rein zufällig.

Helmut Exner

DIE TOTEN VON VON SILBERNAAL

Bibliografische Information der Deutschen Nationalbibliothek
Die Deutsche Nationalbibliothek verzeichnet diese Publikation in der Deutschen
Nationalbibliografie; detaillierte bibliografische Daten sind im Internet über **http://
dnb.d-nb.de** abrufbar.

Die Toten von Silbernaal

ISBN 978-3-947167-35-7

2. Auflage 2018

Dieser Titel ist auch als eBook erhältlich
in den Formaten ePub und MobiPocket (Kindle).

Abbildungsnachweise:

Umschlagmotiv © rorem/bigstock.com (# 1812493)
Foto Umschlagrückseite © Hans-Jürgen Koch | harzluchs.de
Porträt Helmut Exner © Ania Schulz | as-fotografie.com

Lektorat:
Sascha Exner

Druck:
Frick Kreativbüro & Onlinedruckerei e.K., Krumbach

Verlag:
EPV Elektronik-Praktiker-Verlagsgesellschaft mbH
Obertorstr. 33 · 37115 Duderstadt · Deutschland
Fon: +49 (0)5527/8405-0 · Fax: +49 (0)5527/8405-21
E-Mail: mail@harzkrimis.de

Kapitel 1

Wollte man diese Nacht bildhaft darstellen, müsste man nur tiefschwarze Farbe über eine Leinwand kippen. Kein Mond, kein Stern, keine ferne Lichtquelle, kein Reflex von irgendwoher. Einfach nur schwärzeste Nacht, unmöglich zu beschreiben, weil es nichts zu beschreiben gab.

Sie hatte die Taschenlampe ausgemacht, um dieses Nichts zu erfühlen. Die anderen Sinne arbeiteten umso schärfer. Sie nahm den harzigen Geruch der Bäume wahr. Und ganz leise hörte sie das Plätschern des kleinen Flüsschens. Noch weit entfernt erahnte sie das Geräusch des Zuges. In ein paar Minuten würde er hier vorbeifahren und die Nacht kurz erhellen. Sie würde wieder Orientierung bekommen.

Das Geräusch des Zuges wurde langsam, aber stetig wahrnehmbarer. Nach zwei Minuten hörte sie das Plätschern des Wassers nicht mehr. Das Zuggeräusch wurde lauter. Da, rechts, kam der erste Lichtschein. Nur für einen Moment. Der Zug hatte etliche Biegungen zu nehmen. Dann wurde es noch lauter und der Lichtstrahl des tonnenschweren, eisernen Ungetüms erhellte das Panorama vor ihr. Der Wald an beiden Seiten des Bahndamms wurde beleuchtet. Jetzt war der Zug da. Eine alte Lok, die keuchend weiß-grauen Wasserdampf in die Luft zischte. Dahinter ein Kohlewagen, dann ein Güterwaggon. Danach drei Personenwaggons. Alle drei hell erleuchtet und menschenleer. Nur im letzten Wagen stand ein Mann am Fenster. Ein Mann in Uniform, der schwerfällig winkte. Der Mann hatte keinen Kopf.

Dann wurde das Geräusch leiser, das Licht verschwand schneller, als es gekommen war. Der Zug war wieder weg. Die tiefschwarze Nacht hatte die Landschaft zurückerobert.

Kapitel 2

Antek Spielmann hatte die Schnauze voll. Dieser Zustand hielt jetzt schon eine ganze Weile an. Aber heute gesellte sich noch eine Stinkwut dazu. Seit Jahren hatte er sich für die Firma den Arsch aufgerissen, war in der Welt herumgeflogen, um die kompliziertesten Anlagen in Betrieb zu nehmen. Besonders guten Kunden hatte er sogar seine Handynummer gegeben, wovon diese auch rege Gebrauch machten und ihn zu jeder Tages- und Nachtzeit anriefen. Und dann fing dieser Volltrottel von Chef an zu meckern, dass er zwei Urlaubstage an eine Geschäftsreise in China drangehängt hatte. Dafür sollte er nun auch noch die anteiligen Flugkosten zahlen. Statt dankbar zu sein, ihn mit Lob und Prämien zu überhäufen, erdreistete sich dieser Idiot, ihm auf diese Tour zu kommen.

Das Maß war voll. Nun lief es über. Genau diesen Zustand hatte Antek jetzt erreicht. Aber im Gegensatz zu manch anderem Zeitgenossen erfüllte ihn dieses Gefühl mit einer kindlichen Vorfreude auf das, was nun kommen würde. Er räumte seinen Schreibtisch aus, packte ein paar Habseligkeiten in seinen Aktenkoffer und warf den Rest in den Papierkorb. Er wurde immer kribbeliger, etwa wie ein Kind an Heiligabend, das man in wenigen Augenblicken zur Bescherung rufen würde. Gleich würde er seinem Chef sagen, dass er ihn am Arsch lecken könne. Und zwar kreuzweise, stundenlang, mit wachsender Begeisterung. Er schloss die Tür seines Büros zum letzten Mal, fuhr mit dem Aufzug zwei Stockwerke höher, nach ganz oben, betrat das Sekretariat ohne anzuklopfen, grüßte die attraktive Sekretärin freundlich und betrat ohne Anmeldung das luxuriös ausgestattete Büro seines Chefs. Die Sekretärin wollte ihn gerade noch zurückhalten, war aber so verblüfft, dass sie zwar den Mund öffnete, jedoch keinen Ton herausbrachte. Herr Goldschmidt, ein fünfzigjähriger Managertyp von der Korinthenkacker-

und Besserwisserfraktion, der gerade damit beschäftigt war, Geschenke für seine Frau zum Hochzeitstag im Internet zu kaufen, schaute auf und sagte erstaunt: »Nanu, Spielmann, warum stürzen Sie unangemeldet in mein Büro? Aber, wo Sie schon mal da sind, kann ich ja gleich ein Hühnchen mit Ihnen rupfen. Sie werden wohl wissen, warum.«

»Sie können nur noch eines, Goldschmidt: mich am Arsch lecken. Hier ist meine fristlose Kündigung. Sie werden wohl wissen, warum.«

»Sie sind wohl von allen guten Geistern verlassen!«

Wenn Herr Goldschmidt aus der Fassung geriet, war er nicht in der Lage, normal zu sprechen oder zu brüllen, so wie andere Menschen es tun. Er zischte dann die Worte zwischen den Zähnen durch, dass man Mühe hatte, ihn zu verstehen. Antek Spielmann hatte heute einfach zu gute Laune, um sich auf eine Diskussion einzulassen. Stattdessen nahm er das Familienfoto vom Schreibtisch seines Chefs und erwiderte grinsend: »Was ich Ihnen schon immer mal sagen wollte: Sie haben wirklich die grottenhässlichste Frau abgekriegt, die mir je begegnet ist. Ist sie wenigstens reich?«

Jetzt wurde Herr Goldschmidt weiß im Gesicht. Sein Zischen war nun überhaupt nicht mehr zu verstehen. Er streckte seinen Arm in Richtung Tür, was wohl so viel heißen sollte wie »raus!«. Ganz gemächlich stellte Antek das Bild wieder auf den Schreibtisch und schlenderte langsam zur Tür. Dort drehte er sich noch einmal um und sagte: »Und Ihre Kinder sehen aus wie Rollmöpse mit Arschbacken.«

Wieder ein Zischen von Herrn Golschmidt, der nun seine Unterlippe zum Zeichen von Wut und Missbilligung vorschob, dass er aussah wie ein Schimpanse. Antek verließ das Büro, schloss die Tür, machte nach drei Schritten kehrt, öffnete abermals die Tür und rief zu Herrn Golschmidt, der sich inzwischen wieder gesetzt hatte und das Familienfoto betrachtete: »Nur, dass sie die Arschbacken mitten im Gesicht haben.«

Dann schloss er wieder die Tür und hörte noch das Klirren des Bilderrahmens, den Herr Goldschmidt nach ihm geworfen hatte.

»Geht doch«, sagte er zu der Sekretärin, die angstvoll den Mund geöffnet hatte, aber immer noch nicht im Stande war, ein Wort zu sagen.

Quietschvergnügt marschierte Antek zur Treppe. Er wollte sich den Luxus gönnen, die fünf Etagen salopp herunter zu hopsen. Als er die Empfangshalle durchquerte, lächelte er der Dame hinterm Tresen freundlich zu. Vor der Tür atmete er dann die restliche Luft, die er von diesem miefigen Laden noch in sich hatte, tief aus und sagte zu sich selbst: »Das war´s! Auf zu neuen Taten.«

Nach diesem Erfolgserlebnis musste Antek sich belohnen. Er war ein begeisterter Spielzeugsammler. Und nicht nur Sammler; er spielte auch wirklich mit seinen Errungenschaften. Dass er inzwischen zweiundvierzig Jahre alt war, störte ihn nicht. Trotz Anzug, Schlips und Kragen sah er aus wie ein in die Jahre gekommener Junge. Einsachtzig groß, einigermaßen schlank, dunkles, leicht grau meliertes Haar. Er konnte nicht verstehen, warum manche Leute alles immer so ernst nahmen. Er lachte gern. Und das nicht nur, wenn es Grund zum Lachen gab. Gerade in prekären Situationen, wenn andere sich ärgerten und fleißig an ihrem Magengeschwür arbeiteten, lief er zur Hochform auf. Kunden, die die anderen Vertriebsingenieure in seiner bisherigen Firma zur Weißglut oder zur Verzweiflung bringen konnten, kanzelte er schon mal mit einer derben Bemerkung ab. Trotzdem war er der erfolgreichste Verkäufer, den Battermann Spezialanlagenbau in Braunschweig je gehabt hatte. Und er stellte sich gerade vor, wie Herr Goldschmidt sich schwarzärgerte, dass er gekündigt hatte. Kein Mensch außer ihm konnte die Anlagen, die gerade nach China geliefert worden waren, so in Betrieb nehmen wie er und dazu noch das chinesische Personal schulen. Auch die Bemerkung hinsichtlich seiner Frau, die genauso grässlich war wie sie aussah, hatte gesessen. Sollte er sich doch ein zweites Loch in den Arsch ärgern. Schadenfreude und Leute durch boshafte Bemerkungen auf die Palme zu bringen, waren Anteks Spezialität. Mit sich und der Welt zufrieden, fuhr er nun mit seinem Audi in die Innenstadt, um sich in der Spielzeugabteilung eines Kaufhauses zu belohnen.

In seinem Einkaufswagen lag endlich die Rennbahn, mit der er schon lange geliebäugelt hatte. Er blickte über die Empore ein Stockwerk tiefer und dachte: Eine Flasche Champagner wäre auch gut. Vor dem Geländer stand ein Korb mit diesen Superbällen, die unglaublich hoch springen konnten. Er nahm einen Ball in die Hand und knallte ihn mit aller Kraft auf den Boden. Sofort sprang er an die Decke und wieder runter. Dann sauste er nach unten in die Lebensmittelabteilung. Nach ein paar Hopsern landete er in der Käsetheke. Die Verkäuferin ließ vor Schreck das Messer fallen. Ein vielleicht sechsjähriger Junge gesellte sich zu Antek und grinste übers ganze Gesicht. Antek fragte: »Willst du auch mal?«

Das ließ sich der Bengel nicht zweimal sagen. Er nahm einen Ball und schleuderte ihn eine Etage tiefer. Antek sagte nun zu dem Jungen: »Ich habe eine Idee. Hilfst du mir mal?« Die beiden verstanden sich, ohne dass viel gesagt werden musste. Eine typische Wesensverwandtschaft unter Jungen. Jeder fasste den Korb mit den Bällen an einer Seite und gemeinsam kippten sie die ganze Ladung nach unten. Dann verschwanden sie schnell. In der Lebensmittelabteilung hüpften etwa zweihundert Superbälle herum. Einige landeten im Obst, andere in der Fleischabteilung. Ein paar sprangen in Einkaufswagen. Einer flog einer Kassiererin an den Kopf. Als Antek mit dem Fahrstuhl in der Lebensmittelabteilung ankam, hüpften die Bälle immer noch. Jetzt ging er zu den Weinregalen und packte eine Flasche Champagner in seinen Trolley. Eine Frau, die so dick war, dass Antek etwa dreimal in sie hineingepasst hätte, blockierte den schmalen Gang mit ihrem Wagen und sich selbst. Antek tippte mehrfach laut mit seiner

Schuhsohle auf den Boden. Es dauerte ihm zu lang, bis die dicke Dame endlich schnallte, dass sie ein Hindernis darstellte, und Antek gestikulierte, dass er gern vorbei wolle. Gequält langsam schob die Frau ihren Wagen ein Stück beiseite, als sei es eine Unverschämtheit von Antek, den Gang passieren zu wollen. Im Vorbeigehen sagte er dann: »Mein Gott, haben Sie einen fetten Arsch.«

Die Frau wusste nicht, wie ihr geschah. Von einer plötzlichen Wut erfasst, nahm sie ein Paket Mehl aus ihrem Einkaufswagen und warf es nach Antek. Sie verfehlte ihn, und das Paket fiel auf den Boden und platzte auf. Nun rannte Antek kichernd Richtung Kasse und hatte Mühe, den Einkaufswagen rechtzeitig zu bremsen. Als er gezahlt hatte, kam die dicke Dame aus dem Gang in seine Richtung, deutete mit dem Finger auf ihn und rief: »Der Kerl da, der hat das mit den Bällen gemacht.«

Aber niemand beachtete sie.

Kapitel 3

Antek wohnte in Lautenthal. Er war nicht verheiratet und momentan auch nicht verbandelt. Seiner fast neunzigjährigen Großmutter gehörte ein Haus an der Promenade, in dem die alte Dame, seine Mutter und er wohnten. Allerdings alle getrennt, in drei Singlehaushalten. Seine Großmutter Ingrid war nicht verheiratet gewesen. Den Mann, von dem sie ihr Kind, Anteks Mutter, erwartete, konnte sie nicht heiraten. Also gebar sie am 8. Mai 1945 ihr Kind unehelich. Seine Mutter Regine behauptete stolz, dass sie das erste Friedenskind von Lautenthal gewesen sei. In Wirklichkeit wurde sie allerdings in Silbernaal geboren, ein paar Kilometer entfernt. An Heiraten war damals nicht zu denken gewesen. Denn der Vater seiner Mutter war kein Arier. Wäre Regine früher auf die Welt gekommen, hätte es seiner Großmutter vielleicht das Leben gekostet. Rassenschande nannte man das damals.

Getrennte Wohnungen bedeuteten allerdings nicht zwangsläufig, dass jeder immer für sich allein war. Meistens kochte Mutter Regine für alle drei. Manchmal übernahm das auch Oma Ingrid. Nutznießer war Antek. Allerdings war er beruflich auch ziemlich eingespannt und außerdem zuständig für die Gartenpflege. Das Grundstück befand sich in der Talsohle des Städtchens und reichte hinten bis zum Flüsschen Innerste. Vorne warfen bewaldete Berge ihre Schatten auf das Haus.

Wie seine Großmutter hatte auch seine Mutter nie geheiratet. So kam es, dass alle den Familiennamen Spielmann trugen. Als Antek 1970 geboren wurde, war es kein Problem mehr, ein uneheliches Kind zu sein. Ganz anders sah das 1945 bei seiner Mutter aus. Und seine Großmutter hatte sich viel Unschönes anhören müssen. Es gab ein breites Vokabular an Schimpfwörtern von Flittchen bis Polenhure. Aber so, wie er seine Großmutter kannte, war sie damit klargekommen. Sie war stark.

Als Antek nach der Kündigungsaktion und dem Kaufhausbummel nach Hause kam, empfing seine Mutter ihn im Vorgarten: »Nanu, Junge, du bist aber heute früh dran.«

»Heute ist ja auch ein besonderer Tag.«

In der Wohnung seiner Großmutter erzählte Antek dann von seiner Kündigung und wie er mit seinem Chef umgegangen war. Oma Ingrid schüttelte mit dem Kopf und sagte:

»Es ist merkwürdig, wie sich manche Charakterzüge vererben. Ich habe ja durchaus auch einiges von meiner Mutter mitbekommen, von ihrer Stärke und Unnachgiebigkeit. Allerdings nicht so viel von ihrem Sarkasmus und ihrem seltsamen Humor. Aber du, Antek, stehst ihr in nichts nach. Charakterlich bist du eine Art Wiedergeburt deiner Urgroßmutter Augustine.«

Kapitel 4

Als Augustine 1890 zur Welt kam, war die Grubensiedlung Silbernaal Teil eines florierenden Industriezentrums. Der Harz war durchzogen von Erzbergwerken mit den dazugehörigen Erzaufbereitungen, Hütten und allerlei Betrieben, die alle von dem Metall lebten, das dem Stein abgepresst werden konnte. Heute gibt es Silbernaal als Ort gar nicht mehr. Es besteht nur noch aus einigen wenigen Häusern, wenn man Clausthal-Zellerfeld in Richtung Wildemann verlässt. Lediglich die Straße, auf der sich diese Häuser befinden, trägt noch den Namen Silbernaal. Damals gab es Schächte, die zu den Stollen führten, die das ganze Gebiet bis zur Bergstadt Grund unterhöhlten. Es gab riesige Aufbereitungsanlagen, wo das wertvolle Erz vom tauben Gestein per Hand sortiert wurde. Das Pochen der Hämmer, mit denen neun- bis vierzehnjährige Jungen das Gestein nach Metall untersuchten, erfüllte über Jahrhunderte die Gegend. Und es gab Erzhütten. Nur ein Stück weiter befand sich die Bleihütte, danach Frankenscharrnhütte, wo man das wertvolle Metall aus dem Gestein herausschmolz. Selbstverständlich existierten auch Bahnhöfe in Silbernaal und Frankenscharrnhütte. Riesige Sand- und Gesteinshalden, durch den wertlosen Abfall auf der Suche nach Metall entstanden, muteten an wie eine Mondlandschaft. Das Gift, das bei der Verhüttung die Umwelt verpestet hatte, sorgte dafür, dass in manchen Gegenden kaum etwas wuchs oder eine neue, anspruchslose Vegetation entstand. Dass auch die Menschen dadurch gesundheitlichen Schaden nahmen, wurde hingenommen. Niemand sprach darüber. Ein weitaus größeres Problem war es, die Familie satt zu bekommen. Es reichte nicht, wenn nur der Vater im Bergwerk oder auf der Hütte arbeitete. Es war völlig selbstverständlich, dass die Söhne im Alter von neun oder zehn Jahren in die Lehre gingen. Die Aufgabe dieser sogenannten Pochjungen war es, das Gestein mit dem Hammer zu zerkleinern und das wertvolle Erz vom tauben Stein zu trennen. Bis zum vierzehnten Lebensjahr lernte man so, die verschiedenen Metalle voneinander zu unterscheiden. Je nach Stand der sozialen Errungenschaften mussten die Kinder von Montag bis Samstag, später von Montag bis Freitag pro Tag zwischen zehn und zwölf Stunden arbeiten. Danach hatten sie noch zur Schule zu gehen. Der Dienst begann meist schon um vier Uhr morgens. Dünn bekleidet, da man sich ja warm arbeiten sollte, im Sommer barfuß, sorgten diese Jungen für das Überleben der Familie. Die Tische, auf die das Gestein gekippt wurde, waren immerhin überdacht. Mit vierzehn konnte man dann als Schlepper, Grubenjunge, Vorhauer und später als Hauer für die direkte Arbeit unter Tage eingestellt werden. Zum Steiger oder gar Obersteiger brachten es nur wenige. Die Pochjungen standen in der gesamten Hierarchie des Bergbaus an unterster Stelle. Und so wurden sie auch behandelt. Die Aufsicht über die Aufbereitung wurde meist von Steigern und einfachen Bergleuten geführt, die nicht mehr in der Lage waren, unter Tage zu arbeiten und somit auch weniger verdienten. Ihren Frust ließen sie oft an den Pochjungen aus. Wer einen Fehler beging und dabei erwischt wurde oder zu langsam oder nicht sorgfältig genug arbeitete, bekam eins mit der Peitsche übergezogen.

Auch Mädchen hatten ihren Teil zum Familieneinkommen beizutragen. Sie verrichteten allerlei einfache Arbeiten. Wenn Not am Mann war, konnte es aber auch vorkommen, dass man sie zum Steineschleppen einsetzte. Vor allem war es ihre Aufgabe, das spärliche Essen zu verteilen, das oft nur aus Brot bestand. Das Trinkwasser wurde aus Bächen oder Quellen geschöpft.

Als Anteks Urgroßmutter Augustine hier 1903 als Dreizehnjährige arbeitete, hatten sich die Zustände noch nicht wesentlich verbessert. Sie war eines von zehn Kindern einer typischen Bergarbeiterfamilie. Ihr Bruder Alfred war mit zwölf Jahren der Jüngste. Einige Kinder waren schon aus dem Haus. Die Familie bewohnte eine Haushälfte, die der Bergwerksgesellschaft gehörte. Man hatte einen Garten, hielt Kaninchen, Hühner und zwei Ziegen. Karl, der Vater, war mit seinen fünfundvierzig Jahren abgearbeitet wie ein alter Mann. Und die Staublunge, typisch für Bergleute, machte ihm zu schaffen. Solange es noch irgend ging, würde er weiter unter Tage arbeiten. Zwei ältere Brüder trugen als Vorhauer zum Familieneinkommen bei. Die Mutter war trotz der üblichen Kinderschar, die sie auf die Welt gebracht und großgezogen hatte, noch gut in Form, versorgte Haus und Garten und vor allem ihren Mann, der in der knapp bemessenen Freizeit nicht mehr viel tun konnte. Das Brennholz, um das er sich früher selbst gekümmert hatte, musste von den Kindern geholt werden. Reparaturen am Haus besorgten die Söhne, das Schlachten von Kaninchen und Hühnern die Mutter. Karl war körperlich ausgelaugt. Augustine war das bewusst. Deshalb ging sie selbstverständlich in der Aufbereitung arbeiten. Das brachte ein paar Groschen, die die Mutter für die schlechten Zeiten, die kommen würden, wenn der Vater nicht mehr war, sparen konnte. Außerdem konnte sie ein Auge auf ihren jüngeren Bruder Alfred haben, der nicht so zäh und durchsetzungsfähig war wie sie selbst.

Augustine hatte sich fest vorgenommen, den Pochsteiger umzubringen, wenn er noch einmal auf ihren Bruder einschlagen würde. Sie hatte ihm schon ein paar Mal starr in die Augen gesehen, wenn Alfred mal wieder sein Opfer gewesen war. Meist hatte es geholfen, und er ließ ihn in Ruhe. Aber manchmal hatte er doch etwas abbekommen. Das würde sie nicht noch einmal zulassen.

Augustines Blick war gefürchtet. Es gab Leute, die sagten hinter vorgehaltener Hand, dass das Mädchen den Teufel im Leib habe. Wenn sie in einer bestimmten Stimmung war, hatte man den Eindruck, dass sie den Menschen direkt in die Seele schaute. Ihre Augen wurden dabei als farblos wahrgenommen, obwohl sie dunkelbraun waren. Manch ein gestandener Kerl bekam es mit der Angst zu tun, wenn sie einfach nur dastand und einen ansah. Kein Kind in der Nachbarschaft hatte je Streit mit ihr angefangen. Als der gefürchtete Hund der Nachbarn, der immer an der Kette war, sich mal losgerissen hatte, rannten die Leute alle in die Häuser. Es war Augustine, die hinter dem Ziegenstall auf ihn stieß und ihm starr in die Augen sah. Das Tier, das sie zunächst angeknurrt hatte, hielt dem Blick nicht stand, sondern wandte den Kopf ab und fiepte demutsvoll.

Augustine war klein, aber stämmig und kräftig gebaut. Sie hatte ihr dunkles Haar zu Zöpfen gebunden, damit sie ordentlich aussah. Auf weibliche Reize, soweit schon vorhanden, legte sie keinen Wert. Ihr Gesichtsausdruck war streng, gelegentlich sogar missmutig. Wenn sie wirklich missmutig war, schaute sie grimmig drein und legte ihre Stirn in Falten. Das war das Zeichen für ihre Mitmenschen, ihr nicht dumm zu kommen. Hatte sie gute Laune, brachte sie ihre Umgebung mit ihren deftigen Ausdrücken zum Lachen. Den Aufseher bezeichnete sie dann als Arschkrepel und den Pochsteiger aufgrund seiner dicken Wangen als Qualster. Eine Nachbarin, die sich zu Höherem berufen fühlte, war für sie die Prinzessin von Habenüscht. Wer sich nach der Arbeit nicht ordentlich wusch, wurde als Schmandbäst tituliert. Selbst der autoritäre Lehrer bekam von ihr einen Spitznamen. Aufgrund seines langen, dürren Körperbaus war er für sie der Bindfaden. Von Erwachsenen wurde sie kaum je als Kind angesehen oder behandelt. Ihre Persönlichkeit war so früh derart ausgeprägt, dass die Menschen in ihrer Umgebung verunsichert waren. Keinem Erwachsenen, einschließlich Eltern und Lehrern, wäre es je eingefallen, sie zu verprügeln.

Als ihre Mutter einmal von einem betrunkenen Nachbarn mit unflätigen Bemerkungen bedacht wurde und dieser sogar handgreiflich zu werden drohte, rastete sie aus. Die Mutter war zwar in der Lage, dem Mann Kontra zu bieten. Aber als dieser sich immer mehr im Ton vergriffen hatte und schon etliche Leute gekommen waren, um dem Schauspiel mit unverhohlener Neugier zu folgen, holte Augustine schließlich die Peitsche aus dem Stall und trieb den Mann, der bei jedem Hieb aufschrie, nach Hause, wo seine Frau ihn mit rüden Worten empfing. Jahrelang haben sich die Leute von Silbernaal mit Gelächter an diese Episode erinnert. Aber damit wurde auch der Grundstein gelegt für einen lebenslangen Respekt und eine gewisse Angst Augustine gegenüber.

Kapitel 5

Es war zehn Uhr morgens. Seit sechs Stunden hämmerten die Pochjungen auf das Gestein ein. Augustine war zum Vorsortieren eingeteilt. Die Steine, die auf den ersten Blick nichts taugten, warf sie in den einen Korb, und was erzhaltig aussah, in den anderen. Der Pochsteiger schien heute gute Laune zu haben. Er hatte schon ein paar Mal vorbeigeschaut und nichts zu beanstanden gehabt. Allerdings war heute ein anderer Aufseher da. Franz, ein ziemlich junger Kerl, der aufgrund eines Unfalls ein Hinkebein hatte und somit als Invalide galt. Unter Tage konnte er so nicht mehr arbeiten. Und mit dem Geld, das er als Aufseher verdiente, war er kaum in der Lage, eine Familie zu gründen. Seinen Ärger über diese Situation bekamen die Pochjungen zu spüren. Bei jeder Gelegenheit schnauzte er herum. Und ein paar Mal hatte er auch schon zugeschlagen. Jetzt ging er zu Alfred, packte ihn an der Schulter und brüllte ihn an: »Du verdammter Pochforzl, fauler Sack! Bewäch gefällichst dein Arsch und mach schneller!«

Augustine, die nur zehn Meter entfernt an ihrem großen Steinhaufen stand, hielt inne. Sie umklammerte den Stein, den sie gerade in der Hand hatte, als wolle sie ihn zerquetschen. Sie starrte Franz an und war versucht, den Stein nach ihm zu schleudern. Jetzt hatte sie Blickkontakt mit ihm, und er brüllte das Mädchen an: »Was kuckste mich so an, du albernes Weib? Mach gefällichst weiter.«

Schlagartig hörten alle Jungen an dem großen Tisch auf zu hämmern. Alle starrten Augustine an. Franz war völlig verunsichert. Wenn er jetzt einfach ginge, hätte er seine Autorität verspielt. Wenn er Alfred eins mit der Peitsche überzog, würde seine Schwester ihn mit ihrem Blick töten. Aus einem Impuls heraus ließ der den Jungen los und drehte sich um. Dann machte er zwei Schritte weg von ihm, drehte sich wieder um und ließ die Peitsche auf den Rücken des Jungen klatschen. Allen am Tisch stockte der Atem. Alfred schrie auf. Und Augustine durchbohrte den Aufseher mit ihren Augen, der jetzt körperliche Schmerzen verspürte. Eiligen Schrittes verließ er den Ort und ging in die Werkzeugbude. Nach und nach fingen die Jungen wieder an zu hämmern. Der Aufseher ließ sich für den Rest des Tages nicht mehr an diesem Tisch sehen.

Nachmittags um drei war die Arbeit zu Ende. Die Jungen wuschen sich am Bach und gingen dann zur Schule. Augustine ging weder zur Schule noch nach Hause. Sie hatte etwas Wichtiges zu erledigen und machte sich auf den Weg zur Halde.

Franz war froh, dass der Arbeitstag vorüber war. Er fühlte sich erbärmlich. Nie zuvor in seinem Leben hatte er sich so nackt gefühlt. Der Blick dieses Mädchens konnte nur aus der Hölle kommen. Und alle hatten zugeschaut. Wenn er doch bloß nicht diesen dämlichen, faulen Bengel geschlagen hätte. Er hatte keine Lust auf Gesellschaft. Womöglich hatte sich schon überall herumgesprochen, was passiert war. Er verzögerte seinen Aufbruch nach Hause, damit er allein gehen konnte. Schweren Schrittes marschierte er unterhalb einer großen Steinhalde Richtung Clausthal. Er war völlig in Gedanken versunken. Plötzlich spürte er einen mächtigen Schlag am Hinterkopf. Den Schmerz nahm er gar nicht mehr war. Innerhalb von Sekunden war finstere Nacht um ihn.

Eine halbe Stunde später fanden Arbeiter, die nach ihrer Schicht von Frankenscharrnhütte nach Clausthal gingen, Franz ohnmächtig unter der Halde. Sein Hinterkopf blutete. Man nahm an, dass sich Geröll von der Halde gelöst und ihn getroffen haben musste. Sie brachten ihn nach Hause. Der Arzt kam und diagnostizierte eine schwere Gehirnerschütterung und verordnete Ruhe. In den nächsten Tagen brachte er nur wirres Zeug heraus. Er erzählte immer etwas von den Augen des Teufels, die ihn umbringen wollten. Seine Mutter bekam es mit der Angst. Als sich sein Zustand nicht besserte, wies ihn der Arzt in die Göttinger Irrenanstalt ein.

Kapitel 6

»Und was willst du nun beruflich machen?«, fragte Anteks Mutter Regine ihren Sohn. Die beiden saßen am Küchentisch in Regines Wohnung.

»Ich habe ein Projekt in Polen. In Krakau, genauer gesagt. Nächste Woche fahre ich hin. Erst mal für ein halbes Jahr. Wenn es sich ergibt, kann auch eine Dauerstellung daraus werden. Das heißt nicht, dass ich ständig in Krakau sein muss. Nur ab und zu. Ich kann viele Arbeiten von zu Hause aus erledigen. Und ich werde, wie bisher auch, in der Weltgeschichte herumreisen. Nur mit dem Unterschied, dass ich da auch richtig bezahlt werde und mir nicht das dumme Gequatsche von einem Chef anhören muss.«

»Ach, dass du dich so wohlfühlst mit deiner Herumreiserei. Aber so ist das heute wohl.«

»Du kannst mich ja mal in Krakau besuchen. Kam nicht dein Vater daher?«

»Ja. Aber du weißt ja, dass ich ihn nicht kannte.«

»Er hatte doch bestimmt Verwandte.«

»Da müsstest du deine Oma fragen. Ich meine sogar, er hatte einen Sohn, als er nach Deutschland geschickt wurde. Das wäre demnach mein Halbbruder. Mein Gott, mit dem ganzen Zeug habe ich mich nie beschäftigt. Das ist mir alles viel zu kompliziert. Stell dir vor, der lebt noch und da kommt dann eine alte Frau aus Deutschland und sagt: „Hallo, ich bin deine kleine Schwester. Dein Vater hat mich gezeugt, als er nach Deutschland verschleppt wurde. Und dann haben ihn die Deutschen umgebracht." Also, vergiss es. Ich kann mich damit nicht mehr beschäftigen. Das macht mir Angst.«

»Mein Gott, Mütterchen, nun sei doch nicht so zimperlich. Du kannst doch nichts dafür, wie die Geschichte verlaufen ist. Es kann ja auch ein großer Gewinn sein, Verwandte auszugraben.«

Regine wollte sich partout nicht damit befassen. Ihr war das alles unheimlich. Antek sollte seine Oma fragen. Aber dabei sollte er vorsichtig sein. Wenn die fast Neunzigjährige sich nicht mit der Vergangenheit beschäftigen wollte, dann musste er das akzeptieren.

Also ging er ins Parterre des Hauses und stattete seiner Großmutter einen Besuch ab. Nach anfänglichem Zögern erzählte sie dann alles, woran sie sich erinnern konnte oder wollte. Angefangen vom Leben ihrer Mutter Augustine. Vieles aus ihrer Kindheit, worüber sie seit Jahrzehnten nicht mehr gesprochen hatte, kam wieder hoch. Dann über die Nazizeit, die Fremdarbeiter, Zwangsarbeiter, Kriegsgefangenen. Das Kennenlernen ihres geliebten Antek aus Polen. Die Bedrohung, der sie ausgesetzt waren, schließlich der Tod ihres Geliebten. Es war so, als hätte Antek ein Fass angestochen, und nun strömte alles heraus.

»Weißt du, Antek, wir wohnten ja damals in Silbernaal«, sagte Oma Ingrid.

»Hab ich schon mal gehört. Aber ich weiß noch nicht mal, wo das genau ist.«

»Du fährst einfach nur ein paar Kilometer die Wildemanner Straße entlang. Kurz vor Clausthal-Zellerfeld stehen ein paar Häuser an der Straße. Das ist Silbernaal. Aber früher war das ein Industriegebiet. Da arbeiteten Tausende von Menschen. Viele haben da auch gewohnt. Am besten, du setzt dich ins Auto, und dann siehst du dich mal um. Einige alte, verfallene Gebäude müssten da noch stehen. Von der Straße aus vermutet man das gar nicht. Aber pass auf, dass du nicht irgendwo reinfällst oder abstürzt. Und betrete kein Gebäude.«

»Ich mach dir einen Vorschlag, Oma. Du begleitest mich einfach.«

»Das ist keine gute Idee. Ich habe Angst, den Ort zu betreten. Was ich da erlebt habe, ist einfach zu schrecklich. Und da sind Dinge geschehen, die kann man nicht erzählen, ohne Gefahr zu laufen, für verrückt erklärt zu werden. Sei also vorsichtig. Mir ist die ganze Gegend nicht geheuer. Aber wenn du in Krakau wirklich nach der Familie deines Großvaters, dessen Namen du trägst, suchen willst, dann solltest du vielleicht wirklich einen Eindruck haben, was für Zeiten das damals waren. Natürlich sagen ein paar alte Gemäuer und eine Landschaft nichts aus über das, was da geschehen ist. Sieh es dir trotzdem an. Vielleicht entwickelst du ja ein Gefühl dafür.«

Und genau das tat Antek.

Kapitel 7

Augustine hatte sich zu einer Frau entwickelt, die wusste, was sie wollte: Eine Familie gründen. Kinder bekommen, aber nicht so viele wie ihre Mutter. Sich einen gewissen Wohlstand erarbeiten. Das war ebenso bescheiden wie die Wünsche der meisten Frauen aus einfachen Verhältnissen. Für große Träume gab es in ihrem Leben keinen Platz. Stattdessen wusste sie auch sehr genau, was sie *nicht* wollte: Einen tyrannischen Mann, der sie und die Kinder verprügelte und das Geld versoff. Sorgen um die Existenz. Eine Arbeit als Hausmädchen, bei der sie ständig schikaniert würde und kaum etwas verdiente.

Was die Arbeit betraf, war sie ihren Weg gegangen. Sie wollte nicht für andere Leute putzen und waschen. Schon als junges Mädchen hatte sie sich in der Aufbereitung Respekt erworben. Das war zwar keine typische Arbeit für Frauen. Aber hier verdiente sie mehr als in irgendeinem Haushalt. Und hier wagte es auch niemand, sie ständig zurechtzuweisen. Den vielen Männern um sie herum konnte sie zur Not Kontra bieten. Das war schon in Ordnung. Aber zu ihrem Leidwesen gab es weit und breit keinen Mann, der sich für sie interessierte. Sie wusste, dass sie mit ihrer Körpergröße von einsachtundfünfzig nicht viel her machte. Außerdem war sie ziemlich stämmig. Ihr schönes, dunkles Haar und ihre großen Augen vermochten auch keine entsprechenden Kandidaten anzulocken. Als sie mit zweiundzwanzig immer noch bei ihrer Mutter wohnte – der Vater war inzwischen gestorben und alle Geschwister aus dem Haus, wurde diese langsam unruhig.

»So, wie du dich benimmst, da kriegen es die Männer ja mit der Angst«, pflegte ihre Mutter immer zu sagen.
»Du musst schon ein bisschen lieb und nett sein. Man muss was tun für einen Mann. Der soll sich bei dir wohlfühlen. Und ein Mann muss von dir kriegen, was er will.«

»Ich lass mir doch kein Kind machen, und dann werde ich doch nicht geheiratet. Diese Sorte Mann kann mich mal am Arsch lecken.«

»Mädel, es ist hoffnungslos mit dir. Du wirst noch als alte Jungfer enden.«

So hoffnungslos war es denn doch nicht für Augustine. Die Liebe kam zu ihr in Form von zwei Pferden. Und dem dazugehörigen Kutscher. Dieser hatte eine Ladung Baumaterial zum nahegelegenen Meding-Schacht gebracht. Und auf dem Rückweg hatte er ein Problem mit dem Wagen. Just vor dem Haus, an dem Augustine und ihre Mutter an einem lauen Sommerabend auf den Treppenstufen saßen und den Feierabend genossen. Augustine, die schon immer gern Pferde mochte, ging sofort los und holte einen Eimer Wasser für die Tiere, was den Kutscher freute. Sie kamen ins Gespräch. Und als der Kutscher das Problem am Wagen beseitigt hatte, brachte Augustine auch diesem ein Glas Wasser. Die Unterhaltung fand kein Ende. Die verwunderte Mutter ging schließlich ins Haus. Ein paar Tage später machte der Kutscher wieder Halt vor dem Haus. Diesmal allerdings, ohne etwas an seinem Wagen zu reparieren. Einfach nur so, um ein Glas Wasser zu trinken. Das ging eine ganze Weile so. Und irgendwann holte sie den Mann ins Haus, damit er mit ihr und ihrer Mutter Abendbrot aß.

Der Mann hieß August Spielmann und war dreißig Jahre alt. Er betrieb zusammen mit Vater und Bruder ein kleines Fuhrunternehmen in Clausthal. Frauen gegenüber war er sehr schüchtern, auch wenn die vielen Gespräche, die er bereits mit Augustine geführt hatte, eigentlich auf das Gegenteil schließen ließen. Augustine war die Erste, bei der er auftaute. Daher nahm er irgendwann seinen Mut zusammen und redete mit ihr über ein gemeinsames Leben. Es gab eine offizielle Verlobung und einen Hochzeitstermin. Dann starb Augusts Vater. Da es nicht statthaft war, in der Trauerzeit zu heiraten, musste der Termin verschoben werden. Nun hatte aber Augustine nach ihrer Verlobung ihrem August das gegeben, zu dem ihre Mutter ihr einst geraten hatte. Augustine war schwanger. Also heiratete man doch. Ein weißes Kleid als Symbol der Unschuld hielt man allerdings angesichts der offensichtlichen Umstände für unangemessen. Der Pastor ließ es sich daher auch nicht nehmen, bei der Trauung auf die Lasterhaftigkeit seiner Schäfchen einzugehen. Als Augustine ihn dann mit ihrem Blick traf, begann er zu stocken und zu stottern und kam ganz schnell zum Ende seiner Tiraden.

Ein paar Monate später gebar Augustine einen Sohn. Und im Kriegsjahr 1915 kam der zweite Sohn zur Welt. August hatte sich nach dem Tod des Vaters von seinem Bruder als Geschäftspartner gelöst. Er bekam vier Pferde, einige Fuhrwerke und etwas Geld. Damit bauten sich August und Augustine ihr eigenes Unternehmen auf. Die immer noch rüstige Mutter kümmerte sich um den Nachwuchs, und Augustine lernte Kutschieren und Holzrücken. Zumindest kümmerte sie sich nach getaner Arbeit um die Pferde und organisierte Aufträge. Sie wurde eine erfolgreiche Geschäftsfrau, was in der damaligen Zeit völlig unüblich war, aber angesichts der vielen Männer, die in den Krieg ziehen mussten, immer häufiger vorkam. Sie hatten sich ein Haus in Silbernaal gekauft mit dazugehörigen Stallungen. 1916 musste August schließlich in den Krieg ziehen, und Augustine hatte größte Mühe, allein zurechtzukommen. Denn es gab Arbeit wie nie zuvor. Der Hunger nach Metall war während des Krieges enorm gestiegen. Aber es gab einfach keine gesunden, kräftigen Männer, die sie hätte einstellen können. Also arbeitete sie mit Leuten der älteren Generation, die noch kräftig genug waren und sich etwas dazu verdienen wollten. Irgendwie schaffte sie es immer, das notwendige Pensum zu erreichen und über die Runden zu kommen. 1918 kam August schwer verletzt und halb verhungert aus dem Krieg zurück. Er fand nie mehr zu seiner alten Leistungsfähigkeit zurück, sodass ein großer Teil der Arbeit bei Augustine verblieb. 1923, als sie schon gar nicht mehr damit gerechnet hatte, kam das dritte Kind auf die Welt: Ingrid.

Kapitel 8

Antek setzte sich ins Auto und fuhr nach Silbernaal. Es ist schon verrückt, dachte er. Hier bin ich schon tausendmal vorbeigefahren, und ich hatte keine Ahnung, dass das hier Silbernaal heißt. Und er war sich auch nie bewusst gewesen, dass Mutter und Großmutter von hier stammten. Möglich, dass sie es mal erwähnt hatten. Aber er hatte wohl nie hingehört, weil es ihn nicht weiter interessierte. Und es war auch möglich, dass sie es nie an die große Glocke hängen wollten, weil dieser Ort für sie mit schlechten Erinnerungen verbunden war. Er parkte seinen Wagen am Straßenrand und nahm die paar Häuser wahr, an denen er schon unzählige Male vorbeigefahren war. Da gegenüber, das musste das alte Zechenhaus sein, das heute als Wanderhütte fungiert. Dann überquerte er die Innerste und ging auf einem Wanderweg zurück Richtung Wildemann. Da rechts, das war wohl früher mal der Bahnhof, der heute ebenfalls Wanderern als Unterkunft dient. Auch ein alter Förderturm stand noch da. Ansonsten gab es hier überhaupt keine Gebäude mehr. Die Natur hatte alles zurückerobert. Was ihn interessierte, war der Fluss, die Innerste. Direkt dort hat nach Aussage seiner Großmutter ihr Elternhaus gestanden. Unmittelbar dahinter verlief die alte Bahntrasse. Also bog er nach rechts ab und folgte dem Flusslauf. An der Stelle, an der die Innerste eine Biegung macht, in einiger Entfernung zur Bahntrasse, überquerte er das Flüsschen, das sehr wenig Wasser führte, auf hohen Steinen. Er erklomm den Hang zur Bahntrasse, auf der es längst keine Schienen mehr gab. Auf der dem Fluss abgewandten Seite ging er ein Stück weiter. Dann machte er sich auf den Rückweg über den Fluss und ging weiter auf der Bahntrasse. Etwa zehn Meter entfernt, von Bäumen und Büschen umgeben, lag etwas. Er ging darauf zu und entdeckte einen Menschen. Ein Mann, der ihn mit seinen toten Augen anstarrte. Daneben eine Grube. Spitzhacke und Spaten lagen auch herum. Antek stockte das Blut in den Adern. Er drehte sich einmal langsam um sich selbst, um zu schauen, ob irgendjemand da war. Was war diesem Mann passiert? War er beim Arbeiten zusammengebrochen? Dann schaute er den Mann, der vielleicht in seinem Alter war, noch einmal genauer an. Sein Kopf war leicht deformiert und verkrustetes Blut hatte sich auf dem Gesicht festgesetzt. Antek erstarrte, als ihm aufging, dass dieser Mann erschlagen worden war. Automatisch griff er nach seinem Handy, das er am Gürtel befestigt hatte.

Ein paar Stunden später war die Spurensicherung mit ihrer Arbeit weitgehend fertig. Ein Kriminalkommissar namens Schneider, ein ruhiger, höflicher Typ, hatte Antek befragt. Dieser bat ihn, am nächsten Tag nach Goslar zu kommen, um das Protokoll aufzunehmen.

Als Antek gegen Abend nach Hause kam, bemerkte seine Mutter, dass er ziemlich lange weg war. Antek war sehr mitgenommen und erzählte erst mal gar nichts. Vielleicht morgen, wenn er bei der Kripo in Goslar seine Aussage gemacht hatte. Vielleicht wüsste er dann ja auch schon etwas mehr. Vor allem, wer der Tote war. Zum Glück ließ seine Mutter ihn in Ruhe, und er zog sich in seine „Höhle" zurück.

Kapitel 9

»Schön, dass Sie vorbeikommen, Herr Spielmann. Nehmen Sie Platz. Das war ja gestern bestimmt ein Schock für Sie«, sagte Kommissar Schneider, nachdem Antek sein Zimmer betreten hatte.

Antek musste noch einmal alles erzählen. Warum er in Silbernaal gewesen war. Wann genau er dort angekommen war, warum er gerade dort langgegangen war und so weiter. Antek erzählte alles sehr präzise. Als alle Fragen geklärt waren, sagte Kommissar Schneider: »Wir haben übrigens nicht nur die Leiche gefunden. Natürlich hat die Spurensicherung die Gegend sehr genau unter die Lupe genommen. Und dabei ist ein Schädel gefunden worden. Ein menschlicher Schädel, der ungefähr fünfzig bis siebzig Jahre dort verborgen gewesen sein muss.«

»Oh Gott, in was bin ich denn da hineingeraten? Was denn für ein Schädel? Zu wem gehört der denn? Und wer ist der Tote? Ich meine, der, den ich gestern gefunden habe?«

»Also, der Tote heißt Christian Batz. Er wurde fünfzig Jahre alt und wohnte in Braunschweig. Als Sie ihn gefunden haben, war er schon seit etwa dreißig bis vierzig Stunden tot. Er wurde erschlagen. Der dazugehörige Spaten lag ja noch da.«

Antek musste schlucken und sagte mit belegter Stimme: »Ein Glück, dass ich nicht einen Tag früher da war.«

»Und was den Schädel betrifft, gehen wir im Moment davon aus, dass er seit Ende des Zweiten Weltkrieges dort gelegen hat. Ich habe mich erkundigt, und wie es aussieht, ist damals eine Menge in der Gegend passiert. Es gab viele Zwangsarbeiter, KZ-Insassen, die sich auf Todesmärschen befanden, entlassene Fremdarbeiter, die marodiert haben, um zu überleben. Schreckliche Zeiten mit vielen Opfern. Natürlich werden wir uns auch damit befassen. Aber die aktuelle Leiche hat erst mal

Vorrang. Ach ja, in der Grube, neben der der Tote lag, haben wir noch etwas gefunden.«

Herr Schneider zeigte Antek eine filigrane Brosche, vermutlich aus Silber, die sich in einer Plastiktüte befand.

»Ein altes Stück«, sagte Antek. »Ich glaube, diese Art Schmuck war früher sehr verbreitet. Meine Großmutter hat etwas Ähnliches. Und zwar eine Kette mit einem Anhänger, die genauso gearbeitet ist. Die hat sie von ihrer Mutter zur Konfirmation bekommen.«

»Aha. Aber Ihre Großmutter kommt nicht zufällig aus Silbernaal?«, fragte Schneider.

»Doch, sie wurde da geboren. Vielleicht fünfhundert Meter von dem Ort entfernt, wo die Leiche gefunden wurde. Das war ja der Grund meines Besuches dort. Ich wollte mal sehen, wo meine Großmutter herkommt. Auch meine Mutter ist dort zur Welt gekommen.«

»Das ist ja interessant. Ich gehe nämlich davon aus, dass irgendjemand, der damals da gewohnt hat, bei Kriegsende seine Wertsachen vergraben hat. Sagen Sie, wie alt ist Ihre Großmutter?«

»Sie wird in Kürze neunzig. Ist aber wohlauf. Allerdings habe ich ihr noch nicht erzählt, was gestern passiert ist. Kann sein, dass sie sich aufregt oder schlimme Erinnerungen hochkommen. Verheimlichen lässt es sich aber sowieso nicht. Es wird ja wohl morgen etwas in der Zeitung darüber stehen.«

»Natürlich. Also, ich denke, ich sollte mal mit Ihrer Großmutter reden. Vielleicht kann sie uns irgendwie weiterhelfen. Ich vermute, dass auch der aktuelle Mord weit in die Vergangenheit führt. Aber keine Angst. Wenn ich merke, dass es Ihrer Großmutter zu viel wird, verschwinde ich wieder. Meinen Sie, ich kann heute Nachmittag mal zu ihr kommen?«

Natürlich war Ingrid Spielmann aufgeregt, als Antek von dem Leichenfund in Silbernaal erzählte. Aber noch aufgeregter war Anteks Mutter Regine, die zunächst den Besuch des

Kommissars ablehnte. Als Ingrid sagte, dass sie immer noch selbst entscheide, wer sie besucht, war der Fall erledigt. Und als Kommissar Schneider dann mit seinem gewinnenden Lächeln die Wohnung der alten Dame betrat, war alle Aufregung verschwunden. An dem Gespräch, das am runden Esstisch in Ingrids Wohnung stattfand, nahmen auch deren Tochter Regine und Antek teil.

Kapitel 10

In den dreißiger Jahren florierte das Geschäft von August und Augustine Spielmann. Zwar schlossen 1930 die letzten Bergwerke in Clausthal, aber es gab in der Gegend noch viele andere, und es fand auch eine Industrieansiedlung statt, um die gut ausgebildeten Bergleute wieder zu beschäftigen. In den späten dreißiger Jahren betraf das vor allem die Rüstungsindustrie. Die beiden Söhne waren erwachsen und hielten den Familienbetrieb hoch. Augustine hatte darauf gedrängt, einen Lastwagen anzuschaffen, da der Transport mit Pferden nicht mehr so rentabel war. Unverzichtbar waren die Pferde natürlich beim Holzrücken. Hier kamen Aufträge aus Clausthal-Zellerfeld, Bad Grund, Lautenthal und Wildemann. Anfragen aus der weiteren Umgebung musste man ablehnen, da die Arbeiter samt der inzwischen sechs Pferde voll ausgelastet waren. August hatte Autofahren gelernt und war zuständig für den Lastwagen. Das war zwar nicht so anstrengend wie die Arbeit mit den Pferden; trotzdem war er 1938 mit seinen Kräften am Ende und starb. Die beiden Söhne konnten zwar auch fahren, wurden aber für das lukrative Holzrücken im Wald gebraucht. Augustine stellte noch einen Fahrer ein. Als die fünfzehnjährige Ingrid mit der Mittelschule fertig war, wurde sie für ein Jahr nach Braunschweig geschickt, wo sie Buchhaltung und Maschinenschreiben lernen sollte. Denn es war selbstverständlich, dass sie im Geschäft den Schreibkram, wie Mutter Augustine es nannte, übernehmen sollte. Als sie mit der Schule fertig war, fing der Krieg an. Und obwohl die Firma als kriegswichtiger Betrieb eingestuft wurde – man versorgte schließlich die noch kriegswichtigeren Bergwerke mit Holz, wurden die beiden Söhne zum Militärdienst eingezogen. Nun musste auch Ingrid richtig ran. Sie kannte sich mit Pferden aus. Zusammen mit zwei alten Herren, die für den Dienst an der Waffe nicht mehr geeignet waren, verbrachte sie einen großen Teil ihrer Zeit im Wald, um die gefällten Baumstämme aus dem unwegsamen Gelände zu holen. Den Schreibkram konnte sie nach Feierabend machen. Augustine, die aufgrund eines steifen Beines inzwischen nur noch mit Krückstock gesehen wurde, kam für solche Arbeiten nicht mehr in Frage. Das Leben war hart. Zwei Frauen, davon eine, die am Stock ging, und die andere, die eigentlich noch ein Mädchen war, mussten mit Hilfe von Männern im Rentenalter Schwerstarbeit leisten. Dazu kam noch die Sorge um die Söhne und Brüder, die für das Vaterland kämpfen mussten. Als Ingrid im Winter 1940/41 die Grippe bekam und einer der Arbeiter aufgrund eines Unfalls ausfiel, reichte es Augustine. Sie machte sich auf den Weg zum Clausthaler Rathaus.

Dort betrat sie einen Raum, der die vier Mitarbeiter, zwei Frauen und zwei ältere Herren, durch einen großen Tresen von den Besuchern abschirmte. Offenbar ließen die Leute es sich gut gehen. Es war wohl gerade Frühstückszeit. Augustine wurde ignoriert. Einer aß sein Brot, der andere las Zeitung, und die beiden Frauen, die sich gegenüber saßen, unterhielten sich angeregt. So eine Unverschämtheit, dachte Augustine. Und sie dachte es nicht nur. Wie es nun mal ihre Art war, musste sie das auch zum Ausdruck bringen. Als niemand Anstalten machte, sie auch nur zu beachten, schlug sie mit ihrem Stock mehrmals kräftig auf den Tresen und brüllte in bestem Harzer Jargon: »Jetze ha ich aber de Schnauze voll, vardammt nochemal und zugenäht! Faules Pack! Ich stäh mich hier de Bän im Ballich und ihr seid nur am Quatschen und am Fressen!«

Vier schockierte Augenpaare starrten Augustine an. Aus einem Nebenraum kam der Amtsleiter angerannt und fragte erschrocken, was denn los sei.

Augustine ließ ihn gar nicht weiter zu Wort kommen und konterte: »Was hier los is? Meine Bengels sind im Kriech, mein Mann is tot, meine Tochter krank, dar Arbeiter verletzt. De ganze Förma geht im Arsch. Und ihr sitzt hier rum fresst euch dick und rund. Ich will gefällichst anständig behannelt wern. Das is los!«

Der Amtsleiter, auch schon ein älterer Herr, den man im Krieg wohl nicht mehr brauchen konnte, beschwichtigte Augustine und bat sie in sein Zimmer. Natürlich hatte er keine befriedigende Lösung für sie. Zunächst klagte er ihr erst einmal sein eigenes Leid: »Frau Spielmann, das Problem ist, dass unserer Wirtschaft Millionen von Arbeitskräften fehlen. Wir haben Krieg. Ich sehe ein, dass Sie und Ihre Tochter diese schwere Arbeit nicht bewältigen können. Was Sie brauchen, sind ein paar kräftige Männer. Aber ich weiß nicht, woher ich die nehmen soll. Wir haben in der Region sehr viele kriegswichtige Industriebetriebe. Allein in unserem Landkreis arbeiten bereits tausende von Fremdarbeitern. Auch Kriegsgefangene, die es mittlerweile gibt, werden eingesetzt. Aber der Bedarf an Arbeitskräften nimmt kein Ende. Ich bin ja gar nicht dafür zuständig. Aber ich werde mich bei den entsprechenden Stellen für Sie einsetzen, damit Ihnen geholfen wird.«

Es war dem Mann gelungen, Augustine einigermaßen zu beruhigen. Während des Gesprächs hatte er immer wieder versucht, ihr in die Augen zu schauen. Aber es war ihm nicht möglich, ihrem Blick standzuhalten. Sie durchbohrte ihn geradezu mit ihren farblosen Augen. Schließlich ließ sie sich darauf ein, auf eine Lösung innerhalb der nächsten Tage zu warten. Mit der Drohung, wiederzukommen, wenn es nicht zu ihrer Zufriedenheit liefe, verabschiedete sie sich mürrisch. Mit einem kläglichen „Heil Hitler" schloss der Mann die Tür hinter ihr und hoffte, dass er sie nie wiedersehen würde.

Drei Tage später kam Ludwig Batz, ein Einwohner von Silbernaal, der es in der NSDAP schon frühzeitig zu etwas gebracht hatte, zu Augustine. Natürlich trug er Uniform. Schließlich war er eine große Nummer. Er leitete eines von dreizehn Gefangenenlagern, die es in Clausthal-Zellerfeld gab. Hier hausten die als Fremdarbeiter bezeichneten Menschen zweiter und dritter Klasse, denen nicht gestattet war, bei ihren jeweiligen Dienstherren zu wohnen. Das war meist nur Leuten aus dem westlichen Europa erlaubt. Wer rassisch minderwertig war, musste bewacht werden. Dazu gehörten natürlich sämtliche Angehörigen slawischer Völker, also auch der junge Mann, den Ludwig Batz im Schlepptau hatte.

Augustine wollte gerade ins Haus gehen, als Batz auftauchte und sie mit einem gebrüllten „Heil Hitler" erschreckte.

»Hier bring ich dir deinen Polacken. Sieh zu, dass er ordentlich arbeitet. Er wird abends wieder abgeholt. Sollte er krumme Dinger machen, sich auf die faule Haut legen oder abhauen, musst du uns sofort Bescheid geben. Wir wissen schon, wie man mit dieser Bande umgeht.«

Als Batz gegangen war, schaute Augustine dem Mann, der groß und dunkelhaarig war, in die Augen, und fragte: »Wie heißt du denn?«

Die Antwort kam leise und verschüchtert: »Antek.«

Kapitel 11

Ingrid Spielmann hatte Kommissar Schneider über zwei Stunden von den alten Zeiten erzählt. Nicht nur er, sondern auch ihre Tochter Regine und deren Sohn Antek hatten begierig zugehört. Weder Regine noch Antek hatten die alte Dame jemals so viel über diese Zeit reden hören. Sie kannten etliche kleine Episoden. Aber dass sie nun angefangen hatte, die ganze Geschichte über ihre Mutter Augustine und ihren späteren Liebhaber Antek zu erzählen, war einfach außergewöhnlich.

»Ich kann Ihnen noch so vieles erzählen, Herr Kommissar. Sie können jederzeit wiederkommen. Es gibt sicher noch manches, was Ihnen vielleicht weiterhelfen kann. Aber jetzt bin ich erschöpft.«

Herr Schneider bedankte sich herzlich und sagte, dass er gern wiederkommen würde. Hinsichtlich des aktuellen Mordes war er kein Stück weitergekommen. Trotzdem hatte er das Gefühl, dass das, was die alte Frau Spielmann zu erzählen hatte, wichtig war. Antek brachte den Kommissar zum Auto und sagte: »Herr Schneider, ich fahre in ein paar Tagen nach Krakau zu meiner neuen Arbeitsstelle. Ich bin aber öfters hier. Wenn Sie noch Fragen haben, können Sie mich auf dem Handy erreichen.«

»Es ist gut möglich, dass ich Sie noch mal brauche. Sie haben übrigens eine faszinierende Großmutter. Nutzen Sie die Gelegenheit, mit ihr zu reden, solange es noch geht. Alles, was sie an Wissen mit ins Grab nimmt, ist unwiederbringlich weg.«

»Ja, das ist mir jetzt auch bewusst geworden.«

Zwei Tage später verabschiedete sich Antek von Mutter und Großmutter, setzte sich ins Auto und fuhr Richtung Polen. Am Abend zuvor hatte er sich noch von seiner Großmutter einiges über seinen Großvater erzählen lassen. Jetzt, im hohen

Alter, fiel es ihr leichter, darüber zu reden als früher. Ich kann ja mal ganz vorsichtig nachforschen, dachte Antek. Vielleicht finde ich ja tatsächlich noch jemanden aus diesem Teil meiner Familie. Aber je näher er Krakau kam, desto stärker dachte er an die Arbeit, die hier auf ihn wartete. Vor allem sein alter Chef kam ihm dabei in den Sinn, dem er in Polen ordentlich Konkurrenz machen wollte. Er wusste, dass er scharf war auf einen Riesenauftrag. Und den würde er ihm gern versalzen. Zieh dich warm an, Goldschmidt. Ich komme.

Kapitel 12

In Krakau war man sehr froh, dass Antek zwei Tage früher eintraf als vereinbart. Das Ingenieurbüro, für das er hier arbeitete, war an einem großen Projekt dran, für das sich auch seine alte Firma interessierte. Sein neuer Chef, Sigismund Wiscznewski, war ein Unikum. Als Pole deutscher Herkunft in Krakau aufgewachsen, hatte er seine Firma Mitte der neunziger Jahre gegründet. Er war achtundvierzig, hochgewachsen, mit glatt rasiertem Kopf, sprach mehrere Sprachen und hatte schon die kuriosesten Spezialanlagen und -maschinen für Kunden in aller Welt konstruiert. Schweinekratzanlagen für China, Fischverarbeitungsanlagen für spanische Schiffe, Mülltrennungsanlagen und vieles mehr. Jetzt wollte er diesen ganz speziellen Auftrag. Und im Prinzip hatte er ihn so gut wie in der Tasche. Wenn nur nicht diese blöde Firma aus Braunschweig so penetrant dem polnischen Auftraggeber nachstellen würde. Hier sollte nun Antek aktiv werden. Ein deutscher Ingenieur, der für eine polnische Firma arbeitete, überzeugungsstark, umgänglich, humorvoll und blitzgescheit. In Antek sah Sigismund eine Art Geheimwaffe. Er machte denn auch gar keine großen Umschweife, sondern wies ihn ein, worum es ging. Sie waren halt ein kleines polnisches Unternehmen mit ganzen zehn Mitarbeitern, dem es schon gelungen war, die Konkurrenz weitgehend auszuschalten. Nur Anteks alter Arbeitgeber, ein Riese auf seinem Gebiet, konnte noch mithalten. Sigismund erwartete also von Antek, dass er sich etwas einfallen ließ. Es ging nicht mehr um den Preis. Das Thema war vom Tisch. Es ging nur noch darum, wem der polnische Auftraggeber mehr Vertrauen schenkte, dem deutschen Riesen mit all seinen Möglichkeiten und der Erfahrung – oder dem kleinen polnischen Newcomer.

Scheiße, dachte Antek. Jahrelang habe ich alles getan, um das Renomée meiner alten Firma zu stärken. Und jetzt wäre es mir lieber, ich hätte es nicht getan. Aber optimistisch wie Antek war, würde ihm schon etwas einfallen.

Am Abend brachte Sigismund seinen neuen Mitarbeiter persönlich zu dem Apartment, das er für ihn gemietet hatte. Es bestand nur aus einem Zimmer mit Bett, Sitz- und Kochecke sowie einem Bad. Aber alles war sauber und adrett. Für Antek, der ja nur gelegentlich hier wohnen würde, reichte es.

Am nächsten Tag überlegte er sich in der Firma, wie er verhindern konnte, dass der Super-Auftrag in allerletzter Minute doch noch von seinem alten Arbeitgeber weggeschnappt würde. Sigismund kam ganz aufgeregt in sein Zimmer und informierte ihn, dass der Auftraggeber seine endgültige Entscheidung übermorgen treffen wolle. Beide noch verbliebenen Konkurrenten sollten jeweils eine Stunde referieren und sich den letzten Fragen stellen. Unmittelbar danach sollte der Zuschlag erfolgen – an wen auch immer. Also arbeiteten Sigismund und Antek bis zum Abend wie besessen daran, wie man den Auftraggeber endgültig auf ihre Seite ziehen konnte. Das Konzept stand. Mehr konnte man nicht tun.

Beim Hinausgehen sah Antek dann, dass die Assistentin, Valeria, eine etwas korpulente Dame mittleren Alters, noch am Computer saß. Also setzte er sich zu ihr und unterhielt sich mit ihr, wozu er bisher ja gar nicht gekommen war. Sie war außerordentlich sympathisch und sprach noch dazu recht gut deutsch.

»Sag mal, Valeria, ob du mir wohl in einer privaten Angelegenheit behilflich sein könntest?«

Antek erzählte ihr von seiner polnischen Abstammung und dass er auf der Suche nach möglichen Verwandten war. Valeria schaute Antek mit ihren großen, braunen Augen an und hörte interessiert zu. Sie hatte sich ohnehin schon über seinen polnischen Vornamen gewundert. Dass der Neue sie nun einfach so ins Vertrauen zog, schmeichelte ihr.

»Also, mein lieber Antek, der Name Przybielski ist in Polen recht verbreitet. Wenn es noch Familienmitglieder in Krakau und Umgebung gibt, dann wäre der Kreis schon mal sehr eingeschränkt. Im Grunde müsste ich alle Przybielskis anrufen und fragen, ob sie ein Familienmitglied mit Namen Antek haben, das während des Krieges nach Deutschland musste und nicht wieder zurückkam. Ich denke, wenn so etwas in der Familie passiert ist, dann wird es auch noch ein oder zwei Generationen danach bekannt sein. Das müsste also eine lösbare Aufgabe sein. Immer vorausgesetzt, dass wir nur in Krakau und nicht in ganz Polen suchen müssen. Darüber hinaus könnte man natürlich auch noch den offiziellen Weg gehen. Die vermissten Personen aus dieser Zeit sind bestimmt irgendwo erfasst. Aber lass mich ab morgen mal versuchen, etwas übers Telefon rauszukriegen. Immer, wenn ich zwischendurch mal Zeit habe, werde ich aktiv.«

Lächelnd gab Antek zurück: »Als ich dich zum ersten Mal gesehen habe, wusste ich gleich, dass du ein Schatz bist.«

Er küsste ihr die Hand und machte sich dann auf den Weg zu seinem Apartment. Dort merkte er, dass er vergessen hatte, einzukaufen. Also ging er noch mal raus, fand eine Kneipe und ließ es sich gutgehen. Wieder zu Hause, kam er erneut ins Grübeln, wie er die Firma Battermann davon abbringen konnte, sich den lukrativen Auftrag doch noch einzuverleiben. Als er nach Mitternacht im Bett lag, hatte er im Halbschaf die Idee, dass man die Leute einfach verschwinden lassen müsste. In Luft auflösen, kidnappen, irgendetwas in der Art. Prompt hatte er in der Nacht einen Alptraum. Die grottenhässliche Frau seines ehemaligen Chefs verprügelte ihren Mann, weil er Rollmöpse mit Arschbacken gezeugt hatte. Als die Frau sich ihm zuwandte, damit er ihr Kinder machte, die nicht aussahen wie Rollmöpse mit Arschbacken, wachte er auf und musste erst mal Licht anmachen, um sich zu vergewissern, dass er nur geträumt hatte.

Am nächsten Morgen ging er noch mal das Referat durch, das sein Chef halten sollte. Da kam Valeria mit zwei Tassen Kaffee in sein Zimmer und setzte sich ihm gegenüber.

»Valeria, ich kann mich nur wiederholen: Du bist ein Schatz.«

»Weiß ich doch. Aber was viel wichtiger ist: Ich habe heute schon ein paar Anrufe getätigt. Und der fünfte war sehr vielversprechend. Es gibt einen Jakub Przybielski, dessen Großvater Anfang der vierziger Jahre von den Nazis nach Deutschland gebracht wurde und nie mehr zurückkam. Er hieß Antek. Und er hatte einen kleinen Sohn. Dieser Sohn lebt auch noch, hier in Krakau.«

Antek wollte gerade etwas sagen, aber Valeria wehrte ab und sprach weiter: »Der Mann, also der Jüngere, der Enkel von Antek, ist bereit, dich zu treffen.«

»Das ist ja unglaublich. Dann werde ich mich mit ihm verabreden. Besser, du erledigst das für mich. Mein Polnisch ist ja noch nicht gut genug.«

»Ist schon erledigt. Du triffst ihn heute Abend in einem Hotel.«

»Oh Gott, ich glaub, mir wird schlecht. Ich hab ein ganz komisches Gefühl. Und wie soll ich mich mit dem Mann verständigen? Kannst du vielleicht dolmetschen?«

»Er spricht deutsch. Er ist Manager des Hotels und hat mir erzählt, dass er in Deutschland gearbeitet hat. Er hört sich sehr nett an und auch sehr gebildet. Natürlich ist er gefallen aus, äh, wie sagt man, aus allen Wolken. Aber er ist bestimmt genauso gespannt wie du.«

Dann kam Sigismund ins Zimmer.

»Das finde ich ja gut, dass ihr euch schon angefreundet habt. Antek, ich wollte dir nur sagen, dass wir zu dem Treffen morgen schon um elf Uhr losfahren müssen. Die Fahrt dauert etwa zwei Stunden. Eine Stunde bauen wir als Sicherheit ein. Es ist wichtig, dass wir nicht eine Minute zu spät kommen. Wir sind um 14.00 Uhr dran. Und dieser Mitbewerber eine

Stunde später.«

Dann verließ er das Zimmer wieder und sagte im Hinausgehen noch: »Und betet, dass wir den Auftrag kriegen.«

Zum Abend hin wurde Antek immer unruhiger und aufgeregter. Wie würde der Typ, dieser Jakub, wohl auf ihn reagieren? Reserviert? Ablehnend? Schließlich waren die Deutschen Schuld, dass sein Großvater von seiner Familie getrennt wurde. Und dann hatte er, obwohl er in Polen Frau und Kind hatte, in Deutschland ein Kind gezeugt. Und nun erdreistete sich der Nachkomme aus dieser illegitimen Verbindung, Kontakt zur legitimen Familie aufzunehmen. Dieser Jakub sollte also quasi seinen Großvater teilen. Und dessen Vater hatte plötzlich eine Schwester in Deutschland. Und mit der sollte er seinen Vater teilen. Antek raufte sich die Haare. Verdammt, was habe ich da bloß angefangen? Naja, mehr als beschimpfen und rausschmeißen kann er mich nicht. Wenn mir der Typ dumm kommt, sage ich ihm einfach, er soll mich am Arsch lecken. Das hilft immer, ein unangenehmes Gespräch schnell zu beenden.

Das Hotel, das Jakub managte, gehörte zu den besten Adressen in Krakau. Für die meisten Touristen zu teuer, hielten sich hier vorzugsweise Geschäftsreisende auf. Antek fragte an der Rezeption nach Herrn Przybielski. Sein Büro befand sich im obersten Stockwerk. Antek nahm also den Lift. Seine Aufregung stieg mit jeder Etage, die die Leuchte anzeigte. Als sich die Tür oben öffnete, stand ein strahlend lächelnder Mann davor und fragte sehr freundlich: »Bist du mein Cousin aus Deutschland?«

Antek hatte mit Allem gerechnet: Unfreundlichkeit, Ablehnung, Gleichgültigkeit, ja sogar mit einem gewissen Hass auf die Deutschen im Allgemeinen und auf ihn im Besonderen. Er war schließlich der lebende Beweis für die Entehrung seines Großvaters. Erst hatte man ihn seiner Familie entrissen, dann verführt und zum Schluss auch noch… Nein, daran wollte er jetzt gar nicht denken.

Das Gespräch in Jakubs Büro dauerte fast zwei Stunden. Es war vor allem geprägt von gegenseitiger Neugier. Jakub war genauso alt wie Antek. Sein Vater war drei Jahre älter als Anteks Mutter. Sein Großvater galt in der Familie immer als eine Art Ikone. Er wurde verschleppt, als sein Sohn gerade ein paar Wochen alt war. Es war ein Trauma für seine Frau gewesen, nie wieder etwas von ihm zu hören. Jakubs alter Herr, Karol, war also ohne Vater aufgewachsen und lebte noch. Antek hatte sich alles von seiner Oma erzählen lassen, was sie über den Großvater, Antek Przybielski, wusste. Auch das, was er ihr einst über seine Familie in Polen berichtet hatte. Und so war Jakub ziemlich erstaunt über sein Wissen und hatte keinen Zweifel, dass dieser Typ aus Deutschland sein Cousin war.

»Also, Cousin Antek, jetzt lass uns mal überlegen, wie wir vorgehen. Ich muss meinen Vater vorsichtig darauf vorbereiten, dass er eine Schwester in Deutschland hat, und damit auch einen Neffen, nämlich dich. Ich glaube, dass er gar nichts gegen neue Verwandte einzuwenden hat. Nur, er ist in dem Glauben aufgewachsen, dass sein Vater ein Heiliger war. Dass er so ganz nebenbei mit einer anderen Frau noch ein Kind gezeugt hat, muss er erst mal verkraften. Aber das kriege ich schon hin. Auch wenn ich sie vermisse: es ist gut, dass meine Großmutter nicht mehr lebt. Für sie wäre eine Welt zusammengebrochen. Aber sie ist vor ein paar Jahren gestorben.«

»Lass dir Zeit, es deinem Vater zu erklären. Aber bevor wir ihn damit behelligen, was hältst du davon, wenn wir auf Nummer sicher gehen? Wir könnten einen Gen-Test machen.«

»Das ist eine gute Idee. Ich erkundige mich morgen, wo wir das machen können. Aber jetzt habe ich Hunger. Ich lade dich zum Essen ein.«

»Prima. Hier im Hotel?«

»Nein. Als Mitglied der Direktion dürfte ich das zwar nicht sagen, aber dieses internationale Zeug hier hängt mir zum Hals raus. Heute sollst du mal richtig polnisch essen.«

Es war ein Abend ganz nach Anteks Geschmack. Offenbar waren Jakub und er nicht nur genetisch verwandt, sondern auch im Geiste. Sie erzählten sich Anekdoten aus ihrem Leben und lachten dabei Tränen. Als Antek dann auf die Uhr schaute, fiel ihm ein, dass morgen ja der große Tag war. Es würde sich entscheiden, ob sie den lukrativen Auftrag an Land ziehen konnten oder nicht. Und natürlich war davon auch sein Job hier in Krakau abhängig. Als Jakub ihn fragte, warum er auf einmal so ernst dreinschaute, erzählte Antek ihm von dem Konkurrenten, der ihm noch einen Strich durch die Rechnung machen könnte. Dann gingen sie zurück zum Hotel, wo sie beide ihre Autos geparkt hatten. Sie sahen, wie gerade drei Männer in dunklen Anzügen das Hotel betraten, als Antek sagte: »Scheiße, siehst du diese drei Typen da? Das sind die Leute, von denen ich dir erzählt habe. Da ist doch tatsächlich der große Boss mitgekommen. Daran sieht man, wie wichtig ihm dieser Auftrag ist.«

»Was, diese Kerle machen dir das Leben schwer? Die waren in letzter Zeit öfters hier. Unsympathische Typen. Besonders der eine. Der Ältere. Ich habe zufällig mitbekommen, dass sie für morgen einen Wagen mit Fahrer gemietet haben.«

»Ja, das kann ich mir vorstellen. Die Konferenz findet nämlich in der Tatra statt. Am liebsten wäre es mir, wenn die da nie hinkämen.«

»Mmmmhmmm. Lass mich mal überlegen, Antek. Wenn man den richtigen Fahrer hätte. Also, ich kenne jemanden, der würde für hundert Euro seine Großmutter verkaufen. Was meinst du, was der erst für zweihundert Euro macht?«

Dann fingen beide an zu lachen und Antek sagte: »Also, ich will nicht, dass du Schwierigkeiten bekommst. Auf der anderen Seite hängt letztendlich mein Job in Krakau vom morgigen Tag ab. Ich würde gern auch dreihundert Euro zahlen und dazu noch ein tolles Essen.«

»Mach dir mal keine Sorgen. Die Typen sind doch selber schuld, wenn sie hierher kommen und kein Polnisch können.

Durch Sprachschwierigkeiten ist schon manch einer ganz woanders gelandet als da, wo er hin wollte. Und die Tatra ist groß. Und einsam.«

Lachend verabschiedeten sie sich voneinander, und Antek fuhr mit einem Hochgefühl zu seinem Apartment.

Kapitel 13

Kommissar Schneider ließ seine Mitarbeiter alles tun, was bei einem Mordfall immer getan wurde. Sämtliche Bewohner und deren Gäste in der Gegend von Silbernaal wurden befragt. Da der Fundort der Leiche recht einsam war und sich vor allem nachts dort niemand herumtrieb, kam man hier nicht weiter. Selbst die inzwischen abgereisten Gäste der Wanderheime wurden ausfindig gemacht. Niemand hatte etwas Auffälliges gesehen und niemand war verdächtig. Da das Opfer alleinstehend war und nicht viele Freunde hatte, die hätten sagen können, was ihn an diesem Tag an den Ort getrieben hatte, war es schwierig. Ein Lichtblick war, dass man in seiner Wohnung altes und neues Kartenmaterial und alte Fotos aus der Gegend sicherstellen konnte. Er musste sich also intensiv mit Silbernaal beschäftigt haben. Da er dort nicht aufgewachsen war, musste er sich erst mal richtig orientieren und in die Materie einarbeiten. Und was war mit dem Loch, neben dem seine Leiche gefunden wurde? Offenbar haben er und sein Mörder etwas gesucht. Und dann natürlich die silberne Brosche, die dort lag und vom Täter übersehen worden war. Verdammt, dachte Schneider. Er hatte ganz vergessen, der alten Frau Spielmann die Brosche zu zeigen. Sie hatte so hinreißend über die Vergangenheit berichtet, dass er daran nicht mehr gedacht hatte. Also setzte er sich ins Auto und besuchte die alte Dame noch einmal. Auch die junge Frau Spielmann, Anteks Mutter, war wieder anwesend.

»Ich freue mich über Ihren Besuch, Herr Kommissar. Ich hatte schon ein schlechtes Gewissen, weil ich neulich das Gespräch einfach so abrupt beendet habe. Aber ich war auf einmal so erschöpft von dem vielen Erzählen.«

»Liebe Frau Spielmann, ich bin Ihnen so dankbar, dass Sie sich die Zeit nehmen, mir zu helfen. Sobald es zu anstrengend für Sie wird, sagen Sie es bitte. Ich komme gern noch mal wieder. Heute habe ich ein spezielles Anliegen. In der Grube, neben der die Leiche entdeckt wurde, haben wir eine Brosche gefunden. Und ich wollte Sie fragen, ob sie Ihnen vielleicht bekannt vorkommt.«

Herr Schneider legte die Plastiktüte mit der filigranen Silberbrosche auf den Tisch vor Ingrid Spielmann. Diese nahm sie ganz vorsichtig in die Hand, sah sie sich intensiv an, setzte ihre Brille ab und schaute noch genauer. Dann stand sie, ohne ein Wort zu sagen, auf und kramte in einer Schublade der Wohnzimmervitrine. Sie setzte sich wieder an den Tisch und legte eine Kette mit einem Silberanhänger neben die Brosche.

»Das ist sie. Das ist die Brosche meiner Mutter. Sie hat Kette und Brosche von meinem Vater zur Hochzeit bekommen. Und 1937, als ich konfirmiert wurde, hat sie mir die Kette geschenkt. Die Brosche hat sie behalten. Aber, wie um alles in der Welt, kommt diese Brosche da hin? Als meine Mutter 1970 starb, habe ich die Brosche natürlich vermisst. Sie hatte sie zwar lange nicht mehr getragen, weil sie nun mal nichts für Schmuck übrig hatte. Aber ich konnte mich gut erinnern, dass es zu meiner Kette auch die passende Brosche gegeben hatte. Und jetzt finden Sie die Brosche neben einem Toten. Das heißt wohl, dass das Stück all die Jahre vergraben war?«

»Ja, ich nehme an, dass sie zusammen mit anderen Wertsachen dort gelegen hat. Wahrscheinlich hat gegen Kriegsende irgendjemand dort etwas deponiert, aus Angst vor den heranziehenden feindlichen Soldaten, und ist nicht mehr dazu gekommen, es wieder auszugraben. Außerdem haben wir ja in der Gegend einen Schädel gefunden, der etwa so lange da gelegen haben muss wie der vergrabene Schatz. Ob das etwas miteinander zu tun hat, weiß ich nicht. Das ist alles Spekulation. Interessant ist nur, dass offenbar dieser Herr Batz, der jetzt umgebracht wurde, von der Sache etwas wusste und gezielt danach gesucht hat.«

»Das kann nur ein Enkel von dem alten Batz gewesen sein. Ludwig Batz hieß der. Ich hatte ja schon mal was über ihn erzählt.

Ein übler Geselle war das. Wenn es nach dem gegangen wäre, hätte ich die Nazizeit gar nicht überlebt. Meine Mutter war die Einzige, die dem Kerl Paroli bieten konnte. Was aus ihm geworden ist, weiß ich allerdings nicht. Die Familie ist nach dem Krieg weggezogen. Und ich meine, der Ludwig war vorher schon verschwunden. Vielleicht ist er damals auch ums Leben gekommen. Keine Ahnung.«

Ingrid Spielmann war wieder in die Zeit zurückversetzt, als sie als junge Frau Antek aus Polen kennengelernt hatte, und begann zu erzählen, ohne dass Kommissar Schneider oder die anwesende Tochter irgendetwas fragten.

Kapitel 14

An seinem ersten Arbeitstag ging Antek mit Ede, dem ältesten Mitarbeiter Augustines, in den Wald. Es war kalt, und der Schnee machte die Arbeit nicht leichter. Als die beiden zurückkamen, erkundigte sich Augustine natürlich, wie es gelaufen war. Ede war voll des Lobes für Antek. Sie hatten ihr Pensum geschafft und waren jetzt total erschöpft und ausgehungert. Augustine hatte Bratkartoffeln gemacht und vier Teller auf den Tisch gestellt. Antek wollte aber nicht am Küchentisch Platz nehmen. Er konnte damals nur gebrochen Deutsch und gestikulierte, dass er lieber im Pferdestall essen wolle. Da riss Augustine der Geduldsfaden, und sie drückte den jungen Mann auf den Stuhl. In ihrem herrischen Ton befahl sie: »Du setzt dich jetzt da hin und haust rein!«

In all den Jahren hatte sie ihre Leute nach getaner Arbeit immer bewirtet. Und obwohl es in diesen Zeiten mit der Ernährungslage immer schlechter wurde, tat sie alles, um daran festzuhalten. Wer hart arbeitete, musste ordentlich Essen. Das war ihr Motto. Als die Pfanne mit den Bratkartoffeln fast geleert war, klopfte es laut an der Tür, und herein kam, ohne abzuwarten, Ludwig Batz. Er machte große Augen und fing dann an zu schreien:

»Verdammt noch mal! Was ist hier los?«

Sofort sprang Antek von seinem Stuhl auf und verdrückte sich in die hinterste Ecke der Küche. Aber Ludwig Batz war noch nicht fertig. Jetzt schrie er Augustine an:

»An einem deutschen Tisch hat kein Pollacke was zu suchen. Die werden von uns verpflegt. Das bissl Essen, was es noch gibt, ist für die Deutschen da.«

Jetzt reichte es Augustine. Sie stand auf und ging zwei Schritte auf Batz zu. Wie immer, wenn sie wütend war, verfiel sie in ihren Oberharzer Jargon: »Halt deine große Fresse, du Scheißkopp! In mein Haus schreit nur äner rum, und das bin ich. Wer bei mir hart arbeitet, der kricht was zu essen, scheißegal, ob er Deutscher is oder sonstwas. Ihr ernährt doch de Leut bloß mit Wassersupp. Wie solln die denn hart arbeiten, so wie ihr Arschlöcher die behannelt?«

»So redest du nicht mit einem, der diese Uniform an hat.« Bei den Worten *diese Uniform* klopfte er sich auf die Brust.

»Ich red net mit deiner Uniform, ich red mit dich. Und du bist und bleist ´n Arschloch, ob de ne Uniform an hast oder nackelt rumlefst. Und das äne sach ich dar: Wenn de deine Wut jetzte an den Bengel auslässt«, nun zeigte Augustine auf den total verschüchterten Antek, dem die Angst ins Gesicht geschrieben stand, »denn kumm ich nach Klestohl und schlaach dar vor versammelter Mannschaft in deiner Fresse nein. Und jetze verpiss dich!«

Am nächsten Tag kam Antek wieder und machte seine Arbeit. Allmählich wurde er zu einer wichtigen Stütze in dem kleinen Familienbetrieb. Ingrid erholte sich langsam von ihrer Grippe. Als sie wieder völlig genesen war, arbeitete sie oft mit Antek zusammen. Er lernte immer besser Deutsch, und allmählich freute sich Ingrid darauf, mit ihm zusammen zu sein. Er erzählte ihr von zu Hause, von seiner Frau und seinem Sohn, der erst ein paar Wochen alt war, als er nach Deutschland geschafft wurde, um zu arbeiten. Manchmal hatte er fürchterliches Heimweh. Und einmal, als Ingrid und er ganz allein im Wald waren, weinte er sich bei ihr aus. Er war ein sehr gefühlvoller junger Mann, der nur eines wollte: überleben, um wieder nach Hause zu kommen.

Ludwig Batz ging Augustine aus dem Weg, so wie es alle taten, die Grund hatten, sich vor ihr zu fürchten. Sie war im Laufe der Jahre immer verbitterter geworden. Zweifellos hatte das auch etwas zu tun mit der Sorge um ihre Söhne, die beide in Russland waren. Sie war auf sich gestellt. Und Tochter Ingrid war zu jung und hatte es selbst schwer genug, um ihre Sorgen bei ihr abzuladen. Sie musste einfach stark sein, um sich und ihre Tochter durchs Leben zu boxen. Wer sich mit ihr anlegte, konnte sich einen Blick einfangen, der einen das Fürchten lehrte. Danach folgte dann eine Kanonade von Beschimpfungen, die einem Fuhrmannsknecht zur Ehre gereicht hätte.

In den Jahren 1943/44 nahm der Krieg an Heftigkeit zu. Als Augustine im März 1944 mitgeteilt wurde, dass ihr ältester Sohn als Held für das Vaterland gefallen sei, drehte sie durch. Sie schloss sich ein und demolierte ihr Zimmer. Dabei schrie und fluchte sie. Wenn Ludwig Batz die Flüche gehört hätte, die sie gegen den Führer herausbrüllte, hätte man sie abgeholt. Als dann zwei Monate später die Nachricht vom Tod ihres jüngeren Sohnes kam, schloss sie sich wieder ein. Diesmal war allerdings kein Ton von ihr zu hören. Völlig apathisch blieb sie ein paar Tage für sich allein. Alles Flehen ihrer Tochter nutze nichts. Sie öffnete ihre Schlafzimmertür nicht. Ingrid stellte ihr etwas zu essen vor die Tür, das sie nicht anrührte.

Eines Morgens, als Ingrid aufstand, saß Mutter Augustine dann plötzlich am Küchentisch. Sie verhielt sich so, als sei nichts gewesen. Sie fragte ihre Tochter nach der Arbeit und den noch vorhandenen Lebensmitteln und ging dann wieder ihrer normalen Beschäftigung nach.

Kapitel 15

Kommissar Schneider sah Frau Spielmann an, dass sie für heute mit ihren Kräften allmählich am Ende war. Sie war immerhin fast neunzig. Obwohl sie geistig rege war und körperlich alles andere als klapprig wirkte, schien sie das langatmige Erzählen aus der Vergangenheit zu belasten.

»Frau Spielmann, ich denke, das war für heute eine ganze Menge. Ich wäre Ihnen dankbar, wenn Sie mir sagen, dass ich wiederkommen darf.«

»Natürlich dürfen Sie das. Ich bitte sogar darum.«

»Und was die Brosche betrifft, die können Sie bekommen, wenn der Fall abgeschlossen ist. Wir bereiten dann eine eidesstattliche Versicherung vor, dass sie Ihrer Mutter gehört hat. Und dann dürfte es klappen.«

»Danke. Das ist sehr nett von Ihnen. Ja, das waren schon grausige Zeiten. Mir geht gar nicht aus dem Sinn, dass der Tote, der gefunden wurde, ein Batz ist. Mein Gott, nach so vielen Jahren kommt wieder ein Batz nach Silbernaal und wird umgebracht. Wie er wohl war, der junge Batz? Ich weiß nur, dass sein Großvater ein durch und durch schlechter Mensch war. Ich erinnere mich noch an die dreißiger Jahre. Es gab ja während der Hitlerzeit mehrere Wahlen. Natürlich nur zum Schein, um der Welt zu zeigen, dass Deutschland ein demokratischer Staat war. Mag sein, dass es 1938 war, nachdem Österreich an das Reich angeschlossen wurde. Da gab es Plakate „Wahlrecht ist Wahlpflicht! Zeigt der Welt, dass wir zu unserem Führer stehen!". Solche Sprüche standen da drauf. Und jeder, der bis zum Nachmittag nicht gewählt hatte, bekam Besuch von der Hitlerjugend, verstärkt durch ein paar SS-Männer oder sonstige Nazis. Die Leute wurden regelrecht gezwungen, wählen zu gehen. Wer sich weigerte, wurde verprügelt. Ich habe damals gerade eine Freundin in Lautenthal besucht. Deren Nachbar, ein rechtschaffener Mann mit einer großen Familie, wollte aus, ich glaube aus religiösen Gründen, nicht wählen. Er hatte sich im Wald versteckt. Die Hitler-Schergen haben ihn gefunden. Und abends wurde er dann in einem Fackelzug durch den Ort getrieben. Er musste ein Schild hochhalten, auf dem stand: „Ich bin ein Verräter". An jeder Ecke hat man angehalten und die Leute dazu aufgefordert, „Pfui" zu rufen und ihn anzuspucken. Der Hauptinitiator dieses Umzugs damals war Ludwig Batz. Dann hat man dem Mann auch noch irgendwas angehängt, und er wurde zu fünf Jahren Zuchthaus verurteilt. Ich weiß nicht, ob er das überlebt hat. Ich sehe heute noch die Augen dieses armen Mannes vor mir, der absolut nichts Schlimmes getan hatte. Das war eine gottlose Zeit.«

Nun hatte sie wieder angefangen zu erzählen. Jetzt griff Tochter Regine ein, die merkte, dass ihre Mutter völlig erschöpft war: »Mama, ich glaube, jetzt reicht es. Lass uns für heute Schluss machen. Herr Schneider kommt in den nächsten Tagen wieder, wenn er Zeit hat. Und du musst dich jetzt erst mal erholen.«

Kapitel 16

Sigismund hatte vor den Auftraggebern in dem schönen Hotel in der Tatra referiert. Anschließend stellten er und Antek sich den letzten Fragen, die noch offen waren. Es war hervorragend gelaufen. Im Prinzip konnte gar nichts mehr schiefgehen. Es sei denn, die Firma aus Braunschweig, die nun an der Reihe war, wäre in der Lage, noch einen Joker aus dem Ärmel zu ziehen. Sigismund und Antek machten einen Spaziergang durch den nahegelegenen Wald und setzten sich anschließend auf die Terrasse des Hotels, um Kaffee zu trinken. Es war vier Uhr. Jetzt mussten auch die Braunschweiger fertig sein. Sicherlich würden sie gleich herein gerufen werden, um die Entscheidung zu hören. Da kamen die drei Leute des polnischen Auftraggebers auf die Terrasse und unterhielten sich aufgeregt. Der Chef, ein Mann von Anfang sechzig, der etwas hinkte, gestikulierte wild. Antek und Sigismund schauten sich an und dachten schon: Jetzt ist es aus. Stattdessen nahmen die drei Herren an ihrem Tisch Platz, wobei einer noch einen Stuhl heranzog. Der Chef fing dann auch gleich ohne Umschweife an zu reden:

»So eine Unverschämtheit habe ich noch nicht erlebt. Wir warten nun seit einer Stunde auf den Mitbewerber. Sie kommen einfach nicht. Kein Anruf, nichts. Wir haben versucht, sie telefonisch zu erreichen: nichts. Also, um es ganz deutlich zu sagen: Sie haben den Auftrag. Wer so unzuverlässig ist wie diese deutsche Firma, mit dem werden wir nicht zusammenarbeiten. Und lassen Sie mich noch eines sagen: Sie haben den Auftrag nicht nur, weil Ihr Mitbewerber uns geärgert hat. Sondern Sie haben uns wirklich überzeugt. So, und jetzt bestellen wir Champagner.«

Antek und Sigismund strahlten, und jeder gab jedem die Hand. Anschließend ging man noch einmal in das Konferenzzimmer, und Sigismund und Hinkebein unterzeichneten den vorbereiteten Vertrag.

Auf der Rückfahrt fragte Sigismund dann Antek: »Kannst du dir vorstellen, was da gelaufen ist? Ich meine, die deutsche Firma arbeitet Monate lang auf diesen Auftrag hin. Und dann zum Schluss, wenn es darauf ankommt, erscheinen sie nicht. Hast du eine Ahnung, warum?

Antek schmunzelte in sich hinein und antwortete: »Vielleicht.«

»Ja, und? Nun rede schon.«

»Nein, das willst du nicht wissen.«

Zur selben Zeit irrten drei Männer in dunklen Anzügen mit Aktenkoffern auf einem unwegsamen Pfad der Hohen Tatra in der Slowakei herum. Die ganze Gegend schien aus einem einzigen großen Funkloch zu bestehen. Irgendwann mussten sie doch wieder auf die Straße stoßen, wo sie vorhin abgebogen waren. Herrn Goldschmidt taten die Füße weh. Wenn er diesen Fahrer in die Hände kriegte, der sie hier am Arsch der Welt abgesetzt hatte mit dem Hinweis, dass sich das romantische Hotel gleich hinter der nächsten Biegung befände, dann würde er ihn schlagen. Mitten ins Gesicht. Und sollte der Auftrag futsch sein, würde er ihn obendrein noch verklagen. Als einer seiner Mitarbeiter dann auch noch sagte: „Da sind Steinpilze", rastete Goldschmidt aus: »Wenn Sie jetzt auch noch anfangen, Pilze zu sammeln, trete ich Ihnen in den Arsch!«

Am Abend trommelte Sigismund dann die Belegschaft zusammen und lud alle zum Feiern in ein gutes Restaurant ein. Antek wurde bewusst, welch ein Glücksfall es war, in dieser kleinen Firma mitarbeiten zu können. Es herrschte ein herzliches Verhältnis zwischen dem Chef und seinen Leuten, richtiggehend familiär. Und dass seine Mitarbeit nun gesichert war, hatte er seinem neuen polnischen Cousin zu verdanken. Er würde ihn gleich morgen früh im Hotel besuchen.

Jakub war hoch erfreut, dass Anteks Stellung in Krakau nun in festen Tüchern war. Er wollte die Katze nicht so recht aus dem Sack lassen, wie er das ganze bewerkstelligt hatte und sagte nur: »Unser Hotel hatte für die drei Gäste einen Wagen mit Chauffeur bestellt. Das ist eine sehr zuverlässige Firma. Nur offenbar sind die Leute in einen falschen Wagen eingestiegen. Da hat sich entweder jemand von der Konkurrenz vorgedrängelt oder es handelte sich um ein Missverständnis. Genau werden wir das wohl nie herausbekommen. Und dass der Fahrer die Leute dann bis in die Slowakei bringt, dafür kann das Hotel doch nichts. Warum bringen diese Ausländer auch keinen Dolmetscher mit?«

Grinsend reichte Antek ihm einen Umschlag, der dreihundert Euro enthielt.

»Ich nehme mal an, dass diese komischen Deutschen den armen Fahrer nicht bezahlt haben. Gib ihm das hier, damit er nicht grundsätzlich so eine schlechte Meinung von den Deutschen hat.«

Herr Goldschmidt hatte den ganzen Morgen über versucht, den Chef des polnischen Auftraggebers an die Strippe zu kriegen. Dieser war zunächst nicht zu erreichen. Und als er erreichbar war, ließ er schließlich von seiner Sekretärin ausrichten, dass er nichts mehr mit dieser Firma zu tun haben wolle.

Bei der Hoteldirektion hatte er sich bereits gestern Abend massiv über den Fahrer beschwert, als sie endlich gegen 23.00 Uhr wieder in Krakau eingetroffen waren, mit Blasen an den Füßen, völlig verschwitzt und zerzaust. Der herbeigerufene Hotelmanager hatte allerdings jegliche Schuld von sich gewiesen. Das bestellte Auto hatte über eine Stunde gewartet, aber die Herren seien ja nicht gekommen. Dass man sich offenbar für einen anderen Wagen entschieden habe, sei nicht korrekt gewesen. Und wer sollte nun für den Verlust des beauftragten Wagens aufkommen?

»Glauben Sie etwa, dass ich dafür auch noch was bezahle? Das ist ja unverschämt. Ich und meine Mitarbeiter werden dieses Hotel nie wieder betreten.«

Und dann hatte sich dieser Hotelmanager doch tatsächlich erdreistet, zu antworten: »Gut, das nehme ich dann mal als Versprechen.«

Jetzt verließ Goldschmidt das Hotel wutschnaubend mit seinen beiden Mitarbeitern im Schlepptau. Dabei rempelte er einen Mann an, der ganz erstaunt rief: »Nanu, Goldschmidt! Was machen Sie denn hier?«

Dieser konnte gar nicht glauben, wen er da sah und stammelte mit vorgeschobener Unterlippe:

»Äh…, äh… Für Sie immer noch *Herr Goldschmidt*, Spielmann.«

»Ist ja gut, Goldschmidt. Und meine Empfehlung an die Frau Gemahlin.«

»Darauf kann ich verzichten«, war alles, was er noch zu nuscheln im Stande war.

Kapitel 17

▬▬ ▬▬ ▬▬

Hauptkommissar Gerald Schneider war ein mit Geduld gesegneter Mensch. Er war Anfang fünfzig, verheiratet und Vater eines heranwachsenden Sohnes. Er führte ein unspektakuläres, ruhiges Familienleben und versuchte, in seinem Beruf genauso ruhig, dafür aber umso überlegter, zu agieren. Das hatte bisher immer zum Erfolg geführt. Auch in den Fall des Toten von Silbernaal kam allmählich Licht. Der Mann hatte sich für etwas interessiert, was dort vermutlich gegen Kriegsende vergraben worden war. Beim Versuch, den vermeintlichen Schatz zu bergen, wurde er erschlagen. Und zwar, das stand jetzt fest, mit dem Spaten, den man am Tatort gefunden hatte. Inzwischen war sein Wagen gefunden worden. An der Innerstetalsperre, etwa zwölf Kilometer entfernt. Das bedeutete, dass er wohl seinen Wagen in Silbernaal geparkt hatte und es mindestens zwei Täter gab. Der eine fuhr mit seinem eigenen Wagen weg, und der andere entsorgte den Wagen des Getöteten. Weshalb dieser Aufwand betrieben worden war, war Schneider allerdings unklar. Warum hatte man die Leiche nicht mit entsorgt? Dies deutete auf eine gewisse Kopflosigkeit hin. Wahrscheinlich war die Tat gar nicht geplant gewesen.

Inzwischen hatte man auch den gesamten Bekanntenkreis des Opfers unter die Lupe genommen. Verwandte hatte Christian Batz nur noch wenige. Seine Eltern waren vor ein paar Jahren gestorben. Sie hatten in Salzgitter gewohnt. Sein Großvater, Ludwig Batz aus Silbernaal, war seit Frühjahr 1945 spurlos verschwunden. Seine Frau war dann 1950 mit den Kindern nach Salzgitter gezogen. Dort wurde Christian Batz auch 1962 geboren. Sein Vater Adolf war der älteste Sohn von Ludwig Batz. Christian hatte noch eine jüngere Schwester, die Kommissar Schneider darauf brachte, mal einen Freund ihres Bruders danach zu fragen, was ihn an diesem Tag nach Silbernaal verschlagen haben könnte. Diesen Freund, einen gewissen Andreas Bauerochse, wohnhaft in Goslar, hatte Schneider für morgen zu einem Gespräch einbestellt. Aber heute am späten Nachmittag wollte er gern noch einmal zu Ingrid Spielmann nach Lautenthal fahren. Er war fast schon überzeugt, dass der Schlüssel zur Aufklärung der Identität des gefundenen Schädels bei dieser alten Dame liegen könnte. Und darüber hinaus hatte er das Gefühl, dass auch der aktuelle Mord an Christian Batz mit den Vorgängen von 1945 zu tun hatte. Zumindest wurde der Grundstein für dieses Verbrechen damals gelegt. Er kaufte in einer Konditorei besonders gute Kekse, von der Sorte, die ihm vor ein paar Tagen von Frau Spielmann angeboten worden waren, setze sich ins Auto und fuhr nach Lautenthal. Hoffentlich war die Dame heute wieder auf dem Damm.

Kapitel 18

Ingrid Spielmann war hoch erfreut, Kommissar Schneider wiederzusehen. Wie gewohnt etwas reserviert war ihre Tochter Regine, die sich Sorgen um die Gesundheit ihrer Mutter machte.

»Ich weiß gar nicht mehr, wo wir stehengeblieben waren«, sagte Frau Spielmann.

»Bei den Jahren 1943/44, als Ihre Mutter die Nachricht bekam, dass ihre Söhne gefallen waren«, antwortete Schneider.

»Ach ja, das war diese schreckliche Zeit. Meine Mutter hatte ihre eigene Art, mit dem Leben fertig zu werden. Es konnte passieren, dass sie vor Wut alles zusammenschlug. Und es konnte genauso gut sein, dass sie sich zurückzog und mit keinem Menschen mehr redete. Meistens ist sie allerdings sehr offensiv auf die Leute zugegangen und hat laut und vernehmlich gesagt, was Sache war. Würde sie heute noch leben, würde sie wahrscheinlich ständig Beleidigungsklagen an den Hals kriegen. Aber damals war man damit etwas zurückhaltender und hat die Sachen unter sich ausgemacht. Es muss im Frühjahr 1944 gewesen sein, als sie Ludwig Batz in Silbernaal begegnete. Das kam nur selten vor, weil er sich meist in Clausthal aufhielt und immer versuchte, ihr aus dem Weg zu gehen. Aber da passierte es mal wieder, dass sie sich begegneten. Er grüßte natürlich lauthals „Heil Hitler", während sie ihn gar nicht beachtete. Als er ihr dann nachrief, ob sie nicht grüßen könne, es ginge hier schließlich um den *deutschen* Gruß, da drehte sie sich um und sagte: „Heil Hitler! Dich soll der Blitz beim Scheißen treffen!" Es gab keine Zeugen dafür, deshalb konnte er ihr nichts. Er ist dann wohl schleunigst weitergegangen. Selbst wenn es Zeugen gegeben hätte, wäre kaum jemand auf die Idee gekommen, sich für eine Aussage zur Verfügung zu stellen. Die Leute hatten schlichtweg Angst,

sich Augustines Zorn zuzuziehen. Seit dem Tod meiner Brüder hatte sie auch das Lachen verlernt. Sie konnte nur noch
zynisch sein. Trotzdem war sie im Grunde ihres Herzens ein
guter Mensch.«

Kapitel 19

1944 gab es fast jede Nacht Fliegeralarm. Die Schäden im Oberharz und im Nordharz hielten sich bisher zwar in Grenzen. Aber es machte die Menschen mürbe, nachts die schlafenden Kinder zu wecken und loszurennen, um die nächstgelegene Schutzmöglichkeit aufzusuchen. Auch die Ernährungslage wurde schlechter. Ganz übel waren die Kriegsgefangenen dran. Und auch die sonstigen Zwangsarbeiter, die man aus anderen Ländern hergeholt hatte, sowie KZ-Insassen und Zuchthäusler, die zur Sklavenarbeit rekrutiert worden waren. Der Harz war für die Rüstungsindustrie von großer Bedeutung. Nachdem in Clausthal 1930 die letzten Zechen schlossen und viele Arbeitskräfte ohne Beschäftigung waren, wurde im Auftrag des NS-Regimes zwischen 1935 und 1938 durch eine Tochterfirma der Dynamit Nobel AG eine Munitionsfabrik unter dem Decknamen Tanne errichtet. Im Hochwald am Rande von Clausthal-Zellerfeld versteckt, beschäftigte das Werk Tanne bis zu zweitausendsechshundert Leute. Pro Monat wurden bis zu 2800 Tonnen TNT hergestellt und verarbeitet. Als im Krieg die Arbeitskräfte knapp wurden, setzte man zunehmend Kriegsgefangene ein.

Diejenigen unter den Kriegsgefangenen und sogenannten Fremdarbeitern, die nicht in Fabriken arbeiten mussten, sondern in kleinen, familiären Betrieben unterkamen, waren meist besser dran. Zumindest während der Arbeit wurden die meisten wie Menschen behandelt. Und es wurde ihnen auch oft mehr an Nahrung zugesteckt als erlaubt. Streng verboten war es, den Leuten Nahrungsmittel mitzugeben, wenn sie abends wieder ins Lager eskortiert wurden. Es kam vor, dass Gefangene wie auch Leute, die ihnen etwas zugesteckt hatten, erschossen wurden.

Antek war in den zwei Jahren, die er im Harz lebte, noch dünner geworden. Obwohl Augustine alles tat, was sie konnte, um Lebensmittel heranzuschaffen, wurde niemand mehr richtig satt. Ein junger, hart arbeitender Mann wie Antek brauchte einfach mehr zu essen. Wenn sonntags nicht gearbeitet wurde und Antek von den minimalen Rationen im Lager leben musste, ging es ihm besonders schlecht. Da kam Ingrid eines Tages auf die Idee, ihm am Samstag ein Stück Brot mitzugeben. Sie machte sich gar keine Gedanken, welche Konsequenzen dies im Falle einer Entdeckung haben könnte.

Am Montag wurde Antek, wie gewohnt, von einem Soldaten gebracht. Diesmal lieferte der Soldat ihn allerdings nicht, wie sonst üblich, vor dem Haus ab, sondern er ging mit hinein. Ingrid war gerade in der Küche beschäftigt, als es gegen die Tür bollerte und Antek dann hineingeschubst wurde, dass er durch die ganze Küche flog, um schließlich auf dem Fußboden zu landen. Der Soldat brüllte sie an: »Wenn der Kerl noch einmal erwischt wird, wie er Lebensmittel ins Lager schmuggelt, wird er erschossen. Und der, der ihm das gegeben hat, wird auch erschossen. Lasst euch das eine Lehre sein!«

So schnell wie er hereingestürmt war, verließ der Soldat das Haus wieder. Und Ingrid schaute auf Antek herunter, während ihr die Tränen in die Augen stießen. Man hatte ihn so schrecklich zugerichtet, dass es Ingrid das Herz brach. Sie ging auf die Knie und streichelte Antek vorsichtig den Kopf. Als Augustine kam, legten sie ihn auf ein Bett in dem Schlafzimmer der Söhne, und sie untersuchten ihn. Der Körper war übersät von den Spuren größter Misshandlungen. Mindestens zwei Rippen waren gebrochen. Dicke Beulen am Kopf. Wahrscheinlich hatte er eine Gehirnerschütterung. Augustine pflegte ihn so gut es ging, bis er abends wieder abgeholt wurde. Und Antek flehte sie an, ihn doch bitte umzubringen. Er wollte nicht mehr leben. Es dauerte eine Woche, bis er wieder einigermaßen bei Kräften war und leichte Arbeiten verrichten konnte. Antek hatte Augustine erzählt, dass es Ludwig Batz gewesen war, der für diese Behandlung im Lager gesorgt hatte.

Ein paar Tage später hatte Augustine etwas in Clausthal-Zellerfeld zu erledigen. Sie wollte gerade die Treppe von der hohen Seite des Zellbachs heruntergehen, als Ludwig Batz ihr buchstäblich in die Arme lief. Mit ihrem Stock versperrte sie ihm den Weg. Pures Entsetzen machte sich im Gesicht des Mannes breit und er sagte: »Was soll das? Lass mich durch!«

»Du verdammter Hurensohn! Denk immer daran: Es kommen auch wieder andere Zeiten. Da kommen Leute wie du ins Gefängnis für ihre Schandtaten. Aber du wirst diese Zeiten gar nicht mehr erleben, weil du schon vorher das Arschloch zukneifst. Du wirst an deinem eigenen Blut ersticken und der Kopf wird dir von den Schultern gerissen. Und jetzt verzieh dich, du Menschenschinder und piss dir in die Hose!«

Ludwig Batz war wie gelähmt. Es war nicht nur das unverhoffte Aufeinandertreffen, und es waren auch nicht allein die Worte, die ihm Augustine entgegengeschmettert hatte. Diesen Blick würde er nie wieder vergessen. Er hatte das Gefühl, der Teufel persönlich habe ihn mit seinen Augen durchbohrt. Schließlich machte er kehrt und ging auf der anderen Straßenseite zurück und dann Richtung Zellerfeld, als er merkte, dass er sich in die Hose gemacht hatte.

Eine Frau, die den Vorfall vom Fenster aus mitbekommen hatte, schloss es eilig und zog die Vorhänge zu.

Wenn Augustine wütend war, sprach sie immer in ihrem Oberharzer Jargon. Aber jetzt hatte sie hochdeutsch geredet. Denn sie war nicht wütend, sondern in einem seelischen Erschütterungszustand. Sie hatte dem Mann etwas prophezeit, ja vielleicht sogar ein Urteil gesprochen. Sie wusste es selbst nicht. Sie hatte genau das Gefühl wie damals, als sie ein junges Mädchen war, als der Aufseher ihren Bruder schlug. Damals wie heute wusste sie, was unweigerlich kommen würde.

Kapitel 20

» Ich werde Ihnen ein andermal mehr erzählen, Herr Kommissar. Die wirklich dramatischen und mysteriösen Sachen kommen erst noch. Aber für heute soll's das gewesen sein. Sonst habe ich keine Stimme mehr, wenn Antek morgen aus Krakau kommt.«

»Oh, das ist ja schön.«

»Ja, und er bringt auch gleich noch einen neu entdeckten Cousin zu Besuch mit.«

»Na, dann liegen ja ein paar interessante Tage vor Ihnen.«

Regine schaute Herrn Schneider etwas missmutig an und sagte dann: »Ich weiß nicht, wo meine Mutter diesen Mumm hernimmt. Ich habe, ehrlich gesagt, etwas Angst vor der Begegnung.«

»Ach, Frau Spielmann, wenn Sie Angst haben müssten, würde Ihr Sohn den Verwandten bestimmt gar nicht erst mitbringen. Schauen Sie dem Besuch lieber mit freudiger Erwartung entgegen. Wir leben doch heute in ganz anderen Zeiten als damals, wovon Ihre Mutter gerade berichtet hat.«

»Na, da mögen Sie Recht haben. Ich bin nun mal nicht so stark und mutig wie meine Mutter oder gar meine Großmutter Augustine.«

Man verabredete sich, das Gespräch fortzusetzen, wenn Antek wieder zurück nach Krakau musste. Gerald Schneider ging mit einem guten Gefühl zu seinem Wagen und beschloss, den Rest des Abends seiner Familie zu widmen. Er wusste nicht, ob er durch das, was die alte Frau Spielmann ihm erzählte, irgendwie weiterkommen würde. Aber mittlerweile hatte er ein persönliches Interesse an der Geschichte. Ja, im Grunde war er ganz heiß darauf, zu erfahren, wie es weiterging. Und die Ehrlichkeit, mit der diese Frau berichtete, war bewundernswert.

Kapitel 21

Andreas Bauerochse war nach eigener Aussage der einzige Freund des getöteten Christian Batz gewesen. Er war fünfzig, hatte einen gepflegten Kahlkopf, war ziemlich klein geraten und etwas korpulent. Er saß jetzt Kommissar Schneider in einem Besprechungszimmer der Goslarer Polizei gegenüber. Vom Tod seines Freundes war er von dessen Schwester unterrichtet worden. Schneider fragte ihn nun:

»Wann haben Sie Christian Batz zum letzten Mal gesehen?«

»Das war einen Tag vor seinem Tod.«

»Gab es einen besonderen Anlass?«

»Ja. Er hatte mich angerufen und seinen Besuch angekündigt. Er wollte etwas Wichtiges mit mir besprechen. Und eine Stunde später stand er dann vor meiner Tür.«

»Und was haben Sie dann Wichtiges besprochen?«

»Er erzählte mir eine Geschichte. Ziemlich unglaubwürdig. Aber er hatte sich da unheimlich drin verbissen.«

»Was für eine Geschichte?«

»Es mag sich bescheuert anhören, aber es ging um einen Schatz.«

»Das hört sich gar nicht bescheuert an. Erzählen Sie.«

»Also, er hat vor einem Jahr, oder so, angefangen, die alten Sachen seiner Eltern zu entsorgen, die ja schon länger tot sind. Da gab es noch Kartons mit Unterlagen, die im Keller standen. Bevor er einfach alles in den Container warf, wollte er zumindest noch einen Blick reinwerfen, um was es sich eigentlich handelte. Und da stieß er auf Unterlagen, die offenbar sein Großvater angefertigt hatte. Eine alte Karte, und dazu noch eine weitere, selbst gezeichnete. Außerdem eine Namensliste mit irgendwelchen Hieroglyphen dahinter. Zuerst wollte er das alles zerreißen und wegschmeißen. Aber er tat es nicht. Und nach ein paar Tagen fiel ihm etwas ein, was sein Vater ihm mal über seinen Großvater erzählt hatte. Das muss so gegen Kriegsende gewesen sein. Da war sein Vater ein vierzehnjähriger Junge. Und der Alte hatte ihn ins Vertrauen gezogen, weil er das älteste Kind war. Er erzählte ihm, dass er im Wald bei Silbernaal etwas vergraben hatte, was sehr wertvoll sein sollte. Nach dem Krieg war der Großvater von Christian dann aber verschwunden, die Mutter zog mit den Kindern weg, und der Sohn hat an diese Sache einfach nicht mehr gedacht. Irgendwann, viel später, hat er dann dieses Kartenmaterial und andere Unterlagen gefunden. Die Mutter wusste von alledem nichts. Und Adolf, so hieß Christians Vater, hat sich Gedanken gemacht und ein bisschen nachgeforscht. Natürlich wusste er schon von Kindheit an, dass sein Vater ein großer Nazi gewesen war. Aber über die Tragweite dessen, was er alles auf dem Kerbholz hatte, wurde er sich erst später klar. Und dann hat er sich zusammengereimt, dass es sich um Wertsachen handeln könnte, die der Alte irgendwelchen Leuten abgenommen hatte, vielleicht mit dem Versprechen, dass ihnen dann nichts passierte. Vielleicht hat er sie aber auch einfach ausgeplündert, weil er die Möglichkeit dazu hatte. Ich weiß es nicht. Und Adolf Batz wusste es auch nicht. Er wusste natürlich aus der Erinnerung eines Vierzehnjährigen, was damals los war. Aber das war ja nichts Besonderes. Dass sein Vater darüber hinaus ein echter Schweinehund gewesen war, wurde ihm aber erst bewusst, als er die Unterlagen wiederfand. Er wollte jedenfalls mit diesem Schatz, an dem das Blut unschuldiger Menschen klebte, nichts zu tun haben. Aber er hatte den Fehler gemacht, seinem Sohn Christian irgendwann davon zu erzählen. Und als der diese verdammten Unterlagen fand, war er nicht mehr zu halten. Er hat sich ausgiebig damit beschäftigt. Nicht, dass er diesen vermeintlichen Schatz für sich haben wollte. Er war nicht habgierig. Es war pure Neugier und Abenteuerlust. Er redete auch davon, vielleicht Familien ausfindig zu machen, denen etwas davon abgenommen worden war, um ihnen die Sachen zurückzugeben. Ich habe ihm gesagt, dass das eine Sache für die Behörden sei. Aber er hat mich nur mitleidig angelächelt und gemeint, das sei seine Angelegenheit. Und an dem besagten Tag, als er bei mir war, hatte er die genaue Stelle offenbar exakt lokalisiert und wollte mich überreden, mitzukommen. Ich hab ihm einen Vogel gezeigt.«

Schneider hatte gebannt zugehört und sagte: »Und dann ist er anscheinend am nächsten Tag allein losgezogen.«

»Das glaube ich nicht.«

»Warum glauben Sie das nicht? Wissen Sie, mit wem er das zusammen hätte durchziehen können?«

»Nein, leider nicht. Er erzählte mir nur, dass er mit einem Mann Kontakt hatte, der sich mit solchen Sachen auskennt. Sie wissen schon, so Leute, die mit Detektoren durch den Wald latschen. Den meisten geht es sicherlich um archäologische Funde. Aber es haben sich anscheinend tatsächlich auch Leute auf Schätze aus der Nazizeit spezialisiert. Jedenfalls sagte er, dass er vielleicht diesen Typen anrufen würde. Allein traute er sich das wohl nicht zu. Er war sehr enttäuscht, dass ich nicht mitkommen wollte. Und heute könnte ich mir in den Arsch beißen, dass ich so abweisend war. Vielleicht würde er ja noch leben.«

»Sie sollten sich keine Vorwürfe machen. Überlegen Sie lieber, was genau er über diesen Schatzsucher gesagt hat. Vielleicht einen Wohnort, einen Namen, Alter, irgendwas.«

»Leider hat er weiter gar nichts über den Typen erzählt. Mehr kann ich Ihnen nicht sagen.«

»Gut, Herr Bauerochse. Das war sehr aufschlussreich. Dann lassen wir es im Moment erst mal gut sein. Möglicherweise werde ich noch mal auf Sie zukommen.«

Jetzt trommelte Schneider sein Team zusammen und breitete die Unterlagen auf dem Tisch aus, die man in Christian Batz' Wohnung gefunden hatte. Das Interessanteste war die Namensliste, von Ludwig Batz handgeschrieben. Wenn man herausfinden könnte, was die Buchstaben und Zeichen dahinter bedeuteten, käme man vielleicht weiter. Aber auch die Namen selbst konnten hilfreich sein. Man würde weit in die Vergangenheit gehen müssen, um zu ergründen, wer die Menschen, die sich hinter den Namen verbargen, waren. Sicherlich würde kaum noch jemand von ihnen leben. Aber vielleicht konnten die direkten Nachkommen etwas sagen, zum Beispiel, was mit dem Familienschmuck passiert war. Oder woraus dieser bestanden hatte und wie er aussah. Irgendwann würde sicherlich etwas davon auftauchen. Aber es war natürlich eine Sisyphos-Arbeit. Die Begeisterung der zwei Mitarbeiterinnen, die sich der Namensliste annehmen sollten, hielt sich in Grenzen. Ein Kollege wurde beauftragt, die Schatzsucher-Szene unter die Lupe zu nehmen.

Kapitel 22

Als Antek mit seinem „neuen" Cousin Jakub auf das Grundstück fuhr, waren Ingrid und ihre Tochter Regine gerade vor dem Haus. Die Sonne schien. Es war angenehm warm. Dann stiegen die beiden Männer aus, und Ingrid lief ein Schauer den Rücken herunter. Antek rief: »Hallo, Mädels! Ich hab euch jemanden mitgebracht, der darauf brennt, euch kennenzulernen.«

Er umarmte seine Großmutter, dann seine Mutter und präsentierte mit der Geste eines Showmasters seinen Cousin: »Das ist Jakub.« Und an Jakub gewandt: »Und das ist deine Großtante Ingrid.«

Jakub ging auf die alte Dame zu und küsste sie sanft auf beide Wangen. Sie zitterte vor freudiger Erregung. Mit allem hatte sie gerechnet. Aber dass er aussah wie ihr Antek, obwohl dieser Mann doch um einiges älter war, als Antek je geworden ist, das war für sie unbegreiflich. Augen, Haar, Figur, Körpergröße. Und das etwas schüchterne Auftreten, das verlegene Lächeln, als er sie begrüßte. Sie verliebte sich schlagartig in diesen Jakub.

Dann präsentierte Antek ihn seiner Mutter: »Das ist dein Neffe Jakub. Du darfst ihn umarmen. Er ist nicht aus Pappe.«

Jakub küsste auch Regine auf beide Wangen, und auf ihrem Gesicht machte sich Erleichterung breit.

Die beiden Frauen nahmen Jakub für den Rest des Tages in Beschlag. Er musste alles über sich, seinen Vater und die ganze Familie erzählen. Nein, er war nicht verheiratet, denn er hatte noch nicht die Richtige gefunden. Nein, der Vater hatte keine Geschwister, weil seine Großmutter keinen anderen Mann mehr wollte. Ja, seinem Vater ging es gut. Ja, und er war genauso aufgeregt wie Regine. Ja, der Vater würde das nächste Mal bestimmt mitkommen. Und so weiter und so fort. Hinzu kamen die ausgezeichneten Manieren des Hotelmanagers Jakub. Professionelle Höflichkeit gepaart mit echter polnischer Herzlichkeit und Familiensinn. Jakub war für Ingrid und Regine ein absoluter Knaller. Irgendwann griff dann Antek ein und zerrte ihn in seine Wohnung, damit er sich von dem Sturm der Begeisterung und Wissbegier der Frauen erholen konnte. Als Jakub das Spielzimmer seines Cousins sah, war er nicht mehr zu halten. Die beiden Männer beschäftigten sich bis in die Nacht hinein in dem von Antek angelegten Kinderparadies.

Am nächsten Tag fuhr Antek mit Jakub nach Silbernaal, um ihm zu zeigen, wo sein Großvater geliebt und gelitten hatte. Auch die umliegenden Ortschaften waren interessant für Antek. Und die bewaldeten Gegenden, aus denen der Großvater mit den Pferden zusammen mit Ingrid die Baumstämme herausbefördert hatte. Schließlich fuhren sie über Hahnenklee zurück nach Lautenthal, wo die beiden Frauen herrliche Salate gezaubert hatten, weil sie abends im Garten grillen wollten. Zufällig kam auch eine Bekannte vorbei. Angela, die Tochter einer Freundin Regines. Die bildhübsche Dreißigjährige war von Jakub genauso gefangen wie die beiden älteren Frauen. Und Jakub wurde in ihrer Gesellschaft immer redseliger, ganz abgesehen davon, dass er sie mit seinen Augen fast auffraß.

Irgendwann konnte Antek sich nicht mehr beherrschen und sagte laut: »So jung seid ihr ja beide nicht mehr, dass ihr dieses Spiel ewig so weitertreiben könnt. Tauscht eure Adressen und Telefonnummern aus, sagt euch, dass ihr euch gegenseitig ganz toll findet und macht einen Spaziergang, um euch näher zu kommen. Zu deiner Information, Jakub: Angela ist nicht verheiratet und, soweit ich weiß, im Moment solo. Und zu deiner Information, Angela: Jakub ist ebenfalls Single. Und wenn ihr euch weiter gegenseitig mit den Augen auszieht, sitzt ihr hier bald nackt im Garten.«

Natürlich zog Antek sich eine Rüge seiner Mutter zu, die allerdings im Gelächter unterging. Aber mit seinen Worten hatte er die Lage genau analysiert. Als Angela dann ging, hatten sie tatsächlich ihre Adressen und Telefonnummern ausgetauscht. Bei einem ungestörten Rundgang zu zweit durch den Garten waren sie sich wirklich näher gekommen.

Als Antek und Jakub dann spät abends allein in seinem Wohnzimmer waren, schwärmte Jakub wie ein verliebter Kater: »Sie ist so zart, so einfühlsam. Und diese Augen. Ich habe einfach nur das Bedürfnis, zärtlich zu ihr zu sein.«

»Dann sei doch zärtlich zu ihr. Lade sie nach Krakau ein und dann versuch es mal mit ein paar Streicheleinheiten und Zungenspielen.«

»Ja, aber es dürften ruhig auch ein paar genitale Zungenspiele dabei sein.«

»Mein Gott, Jakub. Wir reden von Zärtlichkeit, von Romantik, und dir fällt nichts anderes ein, als ihr sofort deinen dicken, unförmigen Lullu in den Schlund zu würgen.«

Das war Originalton Antek. Jakub brach in haltloses Gelächter aus. Obwohl er diesen komischen Ausdruck für sein bestes Stück noch nie gehört hatte, wusste er doch genau, worum es ging. '

Kapitel 23

Antek und Jakub waren nach dem langen Wochenende wieder nach Krakau gefahren. Jakub versprach, seinen Vater zu bewegen, dass er das nächste Mal mitkäme. Jetzt, wo das Eis gebrochen war, würde er sicherlich keine Schwierigkeiten mehr haben, seiner Schwester zu begegnen. Und Regine versprach, auch mal nach Krakau zu kommen. Dass sie ihr Versprechen einhielt, dafür würde Antek schon sorgen. Während der Fahrt verabredeten die beiden dann, dass Antek schnellstens Jakubs Vater kennenlernen sollte. Die restliche Zeit war Jakub damit beschäftigt, zu schwärmen. Angela hier, Angela da. Ihre ausdrucksstarken Augen, ihr zartes Wesen, ihre Stimme. Irgendwann stellte Antek die Musik lauter und fing an mitzusingen.

Kommissar Schneider hatte wieder angerufen und sein Kommen angekündigt. Konnte es sein, dass Ludwig Batz seinerzeit auch Augustine etwas abgenommen hatte? Schließlich hatte man ihre Brosche bei der Grube gefunden.

Als Ingrid Spielmann diese Frage gestellt wurde, sagte sie ganz entschieden: »Niemals im Leben! Sie hätte ihn eher erschlagen, als ihn auch noch für seine Untaten zu bezahlen. Das mit der Brosche muss einen anderen Grund haben.«

Schneider nahm das so zur Kenntnis, konnte sich aber keinen Reim darauf machen. Ingrid erzählte weiter.

Kapitel 24

Nachdem Augustine Ludwig Batz in Clausthal auf offener Straße derart in Angst und Schrecken versetzt hatte, ließ dieser sich in der Öffentlichkeit noch weniger sehen als vorher. Er wollte diesem fürchterlichen Weib einfach nicht mehr begegnen. Er saß zwar aufgrund seiner Position am längeren Hebel. Aber der Hebel müsste schon sehr lang sein, um gegen Augustine Spielmann etwas auszurichten. Das war immer so gewesen. Niemand legte sich ungestraft mit ihr an.

Im Laufe der Zeit kamen Antek und Ingrid sich näher. Ingrid sorgte sich um ihn. Aber da war auch noch etwas im Spiel, das mehr war als Mitleid oder Sympathie. Irgendwann machte sie sich klar, dass es schlichtweg Liebe war. Natürlich war es eine hoffnungslose Liebe ohne Zukunft. Wenn dieser ganze Wahnsinn zu Ende sein würde, musste Antek wieder nach Polen. Dort warteten Frau und Kind auf ihn. Wider alle Vernunft kam es dann im Laufe des Sommers zwischen den beiden zu einer Liebesbeziehung. Ab und zu waren Antek und Ingrid allein im Wald, und irgendwann waren Verlangen und Anziehungskraft so stark, dass *es* passierte. Und nicht nur einmal. Antek war zwar verheiratet und nach strengen katholischen Grundsätzen erzogen. Aber er war auch ein Mensch aus Fleisch und Blut. Für Ingrid, immerhin schon zweiundzwanzig, war Antek der erste Mann. Sie war noch nie verliebt gewesen und hatte auch wenig Gelegenheit gehabt, geeignete Männer kennenzulernen. Sie hatte immer alles der Arbeit untergeordnet. Ihr Pflichtgefühl war seit dem Tod des Vaters und der Brüder zu einer großen Bürde geworden. Nun hatte sie endlich mal die Gelegenheit, diese Last abfallen zu lassen und sich dem hinzugeben, wovon junge Menschen nun mal getrieben werden. Wenn es auch nur für ein paar kurze Episoden war. Im September stellte sie fest, dass sie schwanger war.

Schließlich überwand sich Ingrid und erzählte es ihrer Mutter. Augustine sagte zunächst kein Wort. Sie schaute ihre Tochter nur ernst an. Als die beiden Frauen dann abends nach getaner Arbeit zusammen in der Küche saßen, fing die Mutter endlich an zu reden: »Du sagst keinem Menschen ein Wort! Niemand darf erfahren, wer der Vater ist. Sollen sich doch die Leute das Maul zerreißen. Du schweigst. Hast du mich verstanden?«

»Und wenn es doch rauskommt?«

»Es kann nicht herauskommen. Weil es nicht herauskommen darf.«

Das war alles, was Augustine zu diesem Thema zu sagen hatte. Ihrer Tochter etwa moralische Vorhaltungen zu machen, kam für Augustine nicht in Frage. Und sich die Gefahren vor Augen zu führen, was mit Antek geschehen würde und mit ihrer Tochter, dazu war sie nicht bereit. Sie würde schon dafür sorgen, dass es nicht so weit kam. Und wenn es das Letzte wäre, was sie tat.

An männliche Arbeitskräfte war in diesen Zeiten nicht heranzukommen. Die mussten allesamt das Vaterland verteidigen. Aber so wie jetzt ging es auch nicht weiter. Ingrid konnte auf Dauer nicht mehr mit den Pferden im Wald arbeiten. Selbst das Heumachen und die Pflege der Pferde würde bald zu viel für sie sein. Das Holzrücken musste nun den beiden Rentnern überlassen werden. Und natürlich Antek, der einfach unentbehrlich geworden war. Das Geschäftliche erledigte Augustine. Aber der Schreibkram, wie sie es nannte, war Ingrids Sache. Dazu kamen Haushalt und Garten und die Versorgung des Federviehs. Insgesamt gab es mehr Arbeit, als bewältigt werden konnte. Da passte es Augustine gut in den Kram, dass ein Mädchen, das gerade mit der Schule fertig war, sich um eine Anstellung bewarb. Anneliese, ein kräftiges vierzehnjähriges Mädchen aus einer kinderreichen Lautenthaler Familie. Augustine kannte die Mutter. Das waren anständige Leute. Und Anneliese musste zu Hause schon lange kräftig mit anpacken. Sie zog in eines der Jungenzimmer ein und wurde als normales Familienmitglied behandelt. Bei freier Kost und Logis bekam sie monatlich fünfzehn Mark. Sie musste im Haushalt helfen und bei der Wäsche, die Hühner versorgen, im Garten mitarbeiten, die Pferde striegeln, was gerade anfiel. Man musste dem Mädchen gar nicht sagen, was es tun sollte. Sie sah die anliegende Arbeit und erledigte sie. Das war ganz nach Augustines Geschmack. Außerdem hatte sie ein außergewöhnlich freches Mundwerk. Das musste sie wohl unweigerlich haben, um sich bei ihrer großen Geschwisterschar durchzusetzen. Als die Männer eines Abends ins Haus kamen und Anneliese gerade am Herd stand, fragte Ede: »Was kochst du denn da?«

Annelieses freche Antwort: »Nackten Arsch mit Schneegestöber.«

»Du freches Ballich!«, war Edes Antwort, der diese Schlagfertigkeit mochte.

Anneliese blieb bis kurz nach Kriegsende bei den Spielmanns. Dann musste sie nach Hause zurück, weil ihre Mutter bei der Geburt eines weiteren Kindes gestorben war. Sie zog ihre jüngeren Geschwister groß, ging dann weg und heiratete. Danach hatte Ingrid nie wieder etwas von ihr gehört. Aber die Erinnerung an dieses zupackende, freche Mädchen war stets lebendig geblieben.

Kapitel 25

Die Namensliste, die man bei Christian Batz gefunden hatte, war inzwischen durchforstet worden. Es handelte sich um fünfunddreißig Namen. Das Ergebnis war mager. Keine der hier angegebenen Personen konnte noch lebend gefunden werden. Kein Wunder, wer 1945 dreißig Jahre alt gewesen war, ging nun auf die hundert zu. Kommissar Schneiders Mitarbeiter fanden noch einige Angehörige in der Region. Von diesen konnte aber niemand etwas Stichhaltiges dazu beitragen, ob die Eltern oder Großeltern während der Nazizeit vielleicht erpresst worden waren. In zwei Fällen war bekannt, dass ein Angehöriger aus politischen Gründen im Zuchthaus gesessen hatte. Einer hatte es nicht überlebt, und der andere war bereits in den sechziger Jahren gestorben. Auch der Name Batz war den Hinterbliebenen kein Begriff. Alles war schon viel zu lange her. Die Recherchen führten unter anderem auch zu den Angehörigen eines Rudolf Katzenmeier. Seine Frau lebte noch. Sie wohnte in Oldenburg und war zweiundachtzig Jahre alt. Schneider überlegte, ob es vielleicht etwas bringen könnte, eine Mitarbeiterin hinzuschicken. Am Telefon hatte sie gesagt, dass sie sich gut an die Zeit erinnerte. Und dass es wohl auch einen Vorfall gegeben hatte. Sie selbst hatte davon erst nach dem Krieg von ihrem Mann erfahren, weil sie ihn erst 1950 kennengelernt hatte. Und das Wichtigste: sie kannte den Namen Batz. Sie konnte sich sogar an einen Ludwig Batz erinnern, weil sie als Mädchen für einige Zeit in Silbernaal gewohnt hatte. Diese Tatsache war für Schneiders Entscheidung, diese Frau persönlich zu sprechen, ausschlaggebend. Allerdings hatte die Dame kurzfristig keine Zeit. Als Schneider sie anrief, war sie bereits auf halbem Weg in den Urlaub.

»In zwei Wochen bin ich wieder da. Sie brauchen auch gar nicht nach Oldenburg zu kommen. Ich will nämlich meinen Bruder in Lautenthal besuchen. Dann können wir uns dort miteinander unterhalten.«

Schneider war es recht. Denn dass Frau Katzenmeier ganz konkret etwas zur Lösung des Falles beitragen könnte, erschien ihm nicht sehr wahrscheinlich. Aber vielleicht konnte sie einen weiteren Mosaikstein einbringen. Bis dahin würde man sich weiter intensiv mit der Schatzsucherszene beschäftigen.

Kapitel 26

Nun war der große Tag gekommen, dem Antek mit einigem Unbehagen entgegen gesehen hatte. Er sollte Jakubs Vater kennenlernen, seinen Onkel. Dass er eine große Klappe hatte, wusste Antek selbst. Dass er Leute verarschen und beleidigen konnte, war ihm auch bewusst. Dummheiten zu machen und allerlei Blödsinn zu treiben, war seine Spezialität. Aber niemand außer ihm wusste, dass er vor gewissen menschlichen Begegnungen Angst hatte und ausgesprochen schüchtern sein konnte. Angesichts seines losen Mundwerks und seiner Neigung zur Albernheit nahm ihm das keiner ab. Deshalb war Jakub auch so verwundert, als er seinen Cousin abholte und dieser ihm gestand, er habe Angst.

»Du hast Angst? Vor meinem Vater? Ausgerechnet du? Überleg dir mal, was du mir schon alles an den Kopf geworfen hast in der kurzen Zeit, die wir uns kennen.«

»Ja, das war ja auch nur albernes Getue zwischen zwei Gleichgesinnten. Jetzt wird es aber ernst. Außerdem wird mich dein Vater gar nicht verstehen mit meinem bisschen Polnisch.«

»Ja, und außerdem wird er dich verantwortlich machen, dass sein Vater vor siebzig Jahren in Deutschland ein Kind gezeugt hat. Und dann wird er dir den Arsch versohlen und dich mit Schimpf und Schande davonjagen. Und wenn du nicht schnell genug läufst, wird er sein Gewehr rausholen und auf dich schießen. Und als Munition benutzt er Katzenscheiße. Ich kann dich nicht davor bewahren. Da musst du jetzt durch. Und nun raff dich auf. Wenn wir zu spät kommen, wird er noch ungehaltener und knallt dir zur Begrüßung gleich eine.«

Vorgestellt hatte sich Antek unter seinem Onkel Karol einen griesgrämigen alten Mann, der ihn misstrauisch beäugen und vielleicht einfach abblitzen lassen würde. Die polnischen Aversionen gegen Deutsche, gepaart mit den aufgestauten

Minderwertigkeitskomplexen eines geschundenen Volkes, würden sich in ihm widerspiegeln und die Begegnung zu einem Spießrutenlauf durch die polnisch-deutsche Geschichte machen. Sein Herzklopfen hatte den Höhepunkt erreicht, als sie vor einem kleinen, hübschen Haus weit außerhalb von Krakau hielten. Aus der Haustür kam ein Mann in heller Jeans und T-Shirt freudestrahlend auf sie zu. Das konnte nicht Karol sein. Sicher war das ein Nachbar, der sich um den alten Knaben kümmerte. Er ging erst auf Jakub zu, umarmte ihn kurz und dann packte er Antek bei den Schultern und sah ihn sich genau an. In bestem Deutsch sagte er dann: »Mein Neffe Antek! Was für eine Freude.«

Dann umarmte er ihn. Antek war so perplex, dass nur aus ihm herauskam: »Du bist Karol? Mein Onkel Karol?«

»Ja, natürlich.«

»Und warum sprichst du so gut Deutsch?«

»Hat dir Jakub nicht erzählt, dass ich im Außenhandel tätig war?«

Vielleicht hatte er es erwähnt, vielleicht aber auch nicht. Jedenfalls hätte Antek nie mit einem dynamischen, weltoffenen Menschen gerechnet, sondern mit einem verbitterten alten Mann, der mit seinem Schicksal haderte.

Es war für Antek, Jakub und Karol ein angenehmer Tag. Karol hatte gekocht und bewirtete seine Gäste, als seien sie völlig ausgehungert. Karol erzählte viel von sich, von seiner Kindheit, seiner Mutter und das, was ihm über seinen Vater berichtet worden war. Aber er war vor allem interessiert, was Antek über seine Mutter sagte. Als Einzelkind aufgewachsen, konnte er gar nicht fassen, dass er noch eine Schwester hatte. Sie verabredeten, dass Antek ihn bei seiner nächsten Heimreise mitnehmen würde.

Kapitel 27

Kommissar Schneider hatte natürlich alle Telefonverbindungen, die von und zu Christian Batz führten, ausfindig machen lassen. Am Abend vor seinem Tod hatte er mit jemandem telefoniert, der der Schatzsuchergemeinde zuzuordnen war. Allein das herauszufinden hatte unendlich viel Mühe gekostet. Im Gegensatz zu vielen anderen Zeitgenossen waren Schatzsucher ein scheues Völkchen. Manches, was da getan wurde, war nicht legal. Außerdem würde niemand so dumm sein, Geheimnisse zu verraten und sich damit selbst Konkurrenz schaffen. Viele waren daher Einzelgänger. Aber es gab eben auch Leute, die das Ganze als Hobby oder eine Art Sport betrachteten und sich freuten, wenn zumindest ein kleinerer Kreis von Insidern sie bewunderte, wenn sich nach mühseliger Arbeit mal ein Erfolg einstellte. Es machte daher wenig bis keinen Sinn, im Internet nach brauchbaren Ansätzen oder gar Personen zu suchen. Immerhin war es Schneiders Mitarbeiter Bernd Höfling gelungen, ein bisschen in die Szene einzudringen. Und so konnte der Mann, der am Abend vor dem Mord von Christian Batz angerufen worden war, als Schatzsucher identifiziert werden. Sein Name war Erwin Claus und er wohnte in Herzberg, also nur einen Katzensprung entfernt. Er gehörte automatisch zum Kreis der Verdächtigen. Eigentlich ist er bisher der einzige Verdächtige, dachte Schneider. Also schickte er zwei Kolleginnen los, um ihn zu einer Befragung nach Goslar zu holen.

Erwin Claus, achtunddreißig Jahre alt, von Beruf Elektroingenieur, war mittelgroß, blond, eine gepflegte Erscheinung. Die Kriminalbeamtinnen holten ihn von der Arbeitsstelle ab. Er hatte keine Probleme, sich frei zu nehmen. Er erschien sogar erleichtert, dass er befragt werden sollte.

Im Vernehmungszimmer saß Erwin Claus Hauptkommissar Gerald Schneider und Oberkommissar Bernd Höfling gegenüber.

»Herr Claus, haben Sie Christian Batz getötet?«

Das war Schneiders erste Frage, und Erwin Claus hatte plötzlich das Gefühl, als würde der Stuhl, auf dem er saß, im Boden versinken. Und er hatte keine Kraft, sich festzuhalten. Hinzu kam das dringende Bedürfnis, die Toilette aufzusuchen. Eine Gänsehaut bildete sich auf seinen Armen. Er versuchte, zu antworten, was ihm erst beim dritten Ansatz gelang: »Sind Sie verrückt geworden? Ich bringe doch niemanden um.«

»Gut. Wenn Sie die Frage mit ja beantwortet hätten, würden wir uns eine Menge Arbeit sparen. Aber wenn Sie es nicht waren, dann erzählen Sie mal. Wann und unter welchen Umständen haben Sie Herrn Batz kennengelernt? Was hat Sie verbunden? Wann haben Sie ihn zum letzten Mal gesehen? Erzählen Sie einfach, möglichst der Reihenfolge nach. Wenn uns etwas unklar ist, werden wir später nachfragen.«

Der höfliche, sachliche Ton des Kommissars und die Möglichkeit, alles sagen und aufklären zu können, beruhigte ihn wieder. Er überlegte kurz und fing dann an zu erzählen.

»Ich muss vorausschicken, dass mein Hobby die Archäologie ist. Etliche Jahre war ich auf der Suche nach Gegenständen aus früheren Jahrhunderten oder gar Jahrtausenden. Ich hatte auch immer wieder gewisse Erfolge. Selbstverständlich habe ich alle Funde immer den Behörden übergeben. Ich habe nie etwas Illegales getan. Vor einigen Jahren hatte ich dann einen Zufallsfund. Mein Detektor zeigte Metall an, und was ich fand, war nichts aus vergangenen Jahrhunderten, sondern ein Sammelsurium von Gegenständen, die wohl am Ende des Zweiten Weltkrieges vergraben worden waren. Tafelsilber, Schmuck, ein Exemplar von *Mein Kampf*, eine Hitlerfahne, Orden aus der Nazizeit, also alles Sachen, die die Leute nicht unbedingt im Haus haben wollten, wenn die Amerikaner, oder schlimmer, die Russen kommen würden. Das brachte mich auf die Idee, mein Betätigungsfeld zu ändern. Ich beschäftigte mich fortan mit der jüngeren Geschichte, vor allem mit den letzten Kriegsmonaten in der Region. Und obwohl man natürlich im Geheimen arbeitet, gibt es immer Leute, die herausfinden, was man tut. So kam es auch, dass vor einem Jahr Christian Batz auf mich zukam, der etwas suchte, was sein Großvater 1945 vergraben hatte. Das hörte sich interessant an, und wir haben gemeinsam geforscht. Aber aus seinen Unterlagen sind wir nicht recht schlau geworden. Als wir dann dachten, wir hätten die Stelle gefunden, war es ein Flop. Da war nichts. Wir haben dann einige Zeit nichts mehr voneinander gehört, weil uns einfach nichts mehr einfiel. Bis zu dem Abend, als er mich anrief. Er war total aufgeregt. Er wüsste jetzt genau, wo der Schatz vergraben sei. Er wollte dann auch gleich nachts los, weil bei gutem Wetter tagsüber doch etliche Menschen da herumlaufen. Das ist ja auch eine schöne Gegend. Das Problem war, dass ich nicht konnte, weil ich am nächsten Morgen früh rausmusste, um eine Geschäftsreise anzutreten. Da wollte ich mir nicht die Nacht um die Ohren schlagen. Als ich dann von der Reise zurückkam, las ich in der Zeitung, dass ein „Christian B. aus Braunschweig" bei Silbernaal tot aufgefunden wurde. Ich war schockiert. Das ist alles, was ich Ihnen sagen kann.«

»Gut, Herr Claus. Ich nehme an, dass irgendjemand bestätigen kann, dass Sie in besagter Nacht zu Hause waren?«

»Meine Frau und meine Kinder. Außerdem bin ich morgens schon um fünf Uhr losgefahren und war dann kurz nach neun in Berlin.«

»Okay, wenn das stimmt, haben Sie dann eine Idee, ob Herr Batz vielleicht einen anderen mit zu seiner Ausgrabung genommen haben könnte? Oder gibt es überhaupt jemanden aus der Schatzsucherszene, mit dem er noch Kontakt hatte?«

»Ich glaube, ich war der Einzige. Vielleicht hat er ja einen Freund mitgenommen, nur um das nicht allein durchziehen zu müssen.«

»Und warum musste die Aktion unbedingt so schnell durchgeführt werden? Hat er sich dazu geäußert?«

»Er meinte, er habe Angst, dass ihm jemand zuvorkäme. Aber er hat nichts Konkretes gesagt. Wenn ich jetzt so darüber nachdenke, dann muss wohl noch jemand von dieser Stelle gewusst haben. Aber, wie gesagt, ich weiß es nicht.«

»Herr Claus, wir haben im Moment keinen Anlass, Ihnen nicht zu glauben. Natürlich müssen wir Ihr Alibi überprüfen. Und ich bitte Sie, sich weiter zur Verfügung zu halten. Vielleicht brauchen wir noch weitere Auskünfte von Ihnen.«

Auf dem Flur schaute Oberkommissar Bernd Höfling seinen Chef an wie ein begossener Pudel und fragte: »Da Sie ihn gehen lassen, glauben Sie ihm also?«

»Sie etwa nicht?«

»Naja, er macht einen ehrlichen Eindruck. Und wenn sein Alibi wasserdicht ist. Es wäre wohl auch zu einfach gewesen, dass der erste Verdächtige gleich unser Mörder ist.«

»Der Fall hat etwas Mysteriöses. Er führt weit in die Vergangenheit. Wahrscheinlich müssen wir noch mehr in Erfahrung bringen, was damals geschehen ist. Ich fahre heute wieder zu Frau Spielmann und hoffe, dass sie weiter erzählt, was in den Jahren 1944/45 passiert ist.«

Kapitel 28

Frau Spielmann war heute sehr agil. Sie hatte Kaffee gekocht, Saft, Wasser und Kekse bereitgestellt und erwartete Schneider auf der Terrasse. Das Wetter war einfach zu schön, um im Haus zu sitzen. Die Nachmittagssonne wurde durch das Haus von Westen her abgeschirmt. Selbst der konservative, immer etwas steif wirkende Kommissar hatte sich kurze Hose und T-Shirt angezogen, was Ingrid Spielmann zu der Bemerkung verleitete: »Sie sehen heute aus wie ein Sommerfrischler. Sie sollten lieber Frau und Kind nehmen und an die Talsperre fahren, anstatt sich das Geschwafel einer alten Schachtel anzuhören.«

»Liebe Frau Spielmann, erstens sind Sie keine alte Schachtel, sondern allenfalls eine ältere Dame. Und zweitens wäre ich nicht hier, wenn Sie schwafeln würden. Was Sie zu erzählen haben, ist so faszinierend, dass ich das kühle Bad gern auf abends verschiebe.«

»Ein Charmeur sind Sie auch noch. Aber gut, jetzt sind Sie hier und ich werde mich bemühen, weiter zu erzählen.«

Tochter Regine, die immer etwas zurückhaltend war, lächelte angesichts der guten Laune ihrer Mutter. Außerdem hatte sie einen Anruf von Antek erhalten. Er hatte ihren Bruder Karol kennengelernt und schwärmte in den höchsten Tönen von ihm. In vierzehn Tagen würde er wieder nach Lautenthal kommen und ihn mitbringen. Auch Jakub wollte wieder mitkommen. Der hatte offenbar einen Narren an seiner neuen Damenbekanntschaft gefressen. Regine war heute rundherum zufrieden. Und sie war auch gespannt, was ihre Mutter heute erzählen würde.

»Wir waren wohl im Jahr 1944 stehengeblieben«, sagte Ingrid Spielmann.

»Das war ein, entschuldigung, wenn ich das so sage: das war ein absolut beschissenes Jahr.«

Jetzt mussten Regine und der Kommissar grinsen, dass sich die alte Dame so derb ausdrückte.

Kapitel 29

Die Lage wurde immer bedrohlicher. Nicht nur wegen der Luftangriffe und der schlechten Ernährung. Ingrid hatte Angst um Antek, sie hatte Angst um ihr ungeborenes Leben und um sich selbst. Sie sah, wie wenig ein Menschenleben wert war. All die Frauen, die in der Rüstungsindustrie eingesetzt wurden. Zunächst wurden sie mit falschen Versprechungen angelockt, dann zwangsrekrutiert. Und es gab KZ-Insassen. Da waren neben Deutschen Menschen aus Polen, Russland, Ungarn, Jugoslawien und etlichen anderen Ländern. Im Werk Tanne waren sie den Giftstoffen ohne Schutzmaßnahmen ausgesetzt. Nach einiger Zeit verfärbten sich ihre Haare kastanienrot oder gelb, sodass man den Leuten Spitznamen wie Goldköpfchen oder Kanarienvogel gab. Die Haut wurde aufgrund der Kontamination mit der Zeit bronzefarben. Ingrid hatte schon so viel mit angesehen, wenn sie dorthin Lieferungen brachte. Die Behandlung war menschenverachtend. Man hatte sogar ein Bordell für die Bewacher eingerichtet. Die Demütigungen kannten keine Grenzen. Die Menschen, die man nach Nationalität in verschiedenen Lagern unterbrachte, wurden wie Material behandelt, nur dass mit ihnen nicht so sorgsam umgegangen wurde wie mit Werkzeugen und Maschinen. Und Antek war Teil dieses Menschenmaterials. Er konnte jederzeit geschlagen oder totgetreten werden, ohne dass ein Hahn danach krähte. Dass er bis jetzt noch überlebt hatte, verdankte er Augustine. Sie hatte Ludwig Batz, der für besagtes Lager verantwortlich war, mehrfach klargemacht, was ihm blühen würde, wenn Antek etwas geschah. Und Batz hatte Angst vor Augustine.

Am 7. Oktober musste Ingrid zusammen mit Antek zum Holzrücken. Sie waren ein paar Kilometer von Werk Tanne entfernt in einem Waldgebiet unterwegs. In der direkten Umgebung des Werkes war Abholzen verboten, um den Bombern die Sicht auf die sogenannte Schokoladenfabrik zu erschweren. Und in den angrenzenden Wäldern durften nur einzelne Bäume entnommen werden, die Antek und Ingrid nun aus dem unwegsamen Gelände mit den Pferden herausholen mussten.

Es war etwa 12.15 Uhr. Überall gingen die Sirenen los. Fliegeralarm. Kurz danach erste Motorengeräusche. Flugzeuge. Sie kamen immer näher. Das mussten viele Flugzeuge sein. So etwas hatte Ingrid noch nicht gehört. Im Wald wähnte man sich normalerweise in Sicherheit. Aber was da auf sie zukam, hörte sich an wie eine Lawine aus der Hölle. Ingrid legte sich auf den Rücken, um in den Himmel zu schauen. Da waren sie. Es nahm gar kein Ende. Das mussten über hundert Flugzeuge sein. Dann erste Detonationen. Es war klar: Werk Tanne wurde bombardiert. Aber aufgrund der dichten Bewaldung war das ja gar nicht genau auszumachen. Überall auf dem riesigen Areal standen Gebäude. Und außerhalb des Werksgeländes befanden sich die Häuser und Baracken, in denen die Gefangenen hausten. Den Piloten war es egal, was sie bombardierten. Hauptsache, die Zerstörung war groß. Und den Bomben war es erst recht egal, was oder wen sie trafen. Eine Bombe kam in der Nähe von Antek und Ingrid runter. Es brannte im Wald. Ingrid hatte sich auf den Bauch gelegt, und Antek legte sich schützend über sie. Dann drehten die Flugzeuge ab. Durchatmen. Die Pferde beruhigen. Ingrid wollte nach Hause und fragte sich, was dort wohl passiert sei. Hoffentlich war Augustine nichts geschehen. Dann ging der Feuersturm von vorne los. Eine zweite Welle von Flugzeugen rollte heran. Alles begann noch mal von vorne.

Die hundertneunundzwanzig amerikanischen Bomber hatten zweitausend Bomben abgeworfen. Sechshundert davon trafen das Werk Tanne. Siebzig Gebäude waren zerstört. Achtundachtzig Menschen, fast ausschließlich Zwangsarbeiter, waren gestorben, da für sie keine Luftschutzmöglichkeiten vorgesehen waren. Was den Menschen damals noch gar nicht bewusst gewesen war, war die Umweltzerstörung. Sie hatte bereits durch den normalen Betrieb große Ausmaße angenommen. Durch die Bombardierung waren nun Schäden entstanden, die das Gebiet für Jahrhunderte unkontrollierbar machen sollten. Und die Giftstoffe werden selbst heute noch weit über das Gebiet hinaus durch Schluckbrunnen und Grubenwässer bis ins Grundwasser in entferntere Gegenden transportiert. Aber daran dachte damals niemand. Da ging es einfach ums nackte Überleben. Und Ingrid und Antek hatten überlebt.

Als die beiden an diesem Tag, wesentlich früher als gewohnt, zurück nach Silbernaal kamen, dankte Augustine Gott. Sie hatte zwar die meiste Zeit im Keller verbracht. Aber es hatte sich wie ein Lauffeuer verbreitet, was in Werk Tanne und Umgebung passiert war. Und sie wusste, dass Ingrid heute in der Nähe arbeiten würde. Wäre ihr heute auch noch ihre Tochter genommen worden, dachte sie, dann wäre auch ihr Leben zu Ende gewesen. Augustine war nicht sentimental. Aber als sie Ingrid heute auf den Hof kommen sah, abgekämpft, mit verdreckter Kleidung und wirrem Haar, ging sie auf sie zu und umarmte sie.

Kapitel 30

»Ich weiß gar nicht, warum ich Ihnen das alles erzähle, Herr Kommissar. Es hat ja eigentlich nichts mit dem zu tun, worum es Ihnen geht«, sagte Ingrid Spielmann nun. »Ich glaube, es liegt daran, dass ich mich scheue, auf 1945 einzugehen. Das fällt mir so schwer, weil es so entsetzlich und auch mysteriös ist, was damals geschah. Manches verstehe ich selbst gar nicht. Es gibt da Dinge, die mich lange verfolgt haben. Und wenn ich mich wieder damit beschäftige, kommt alles wieder hoch. Ich kann mir so manches einfach nicht erklären.«

»Machen Sie sich mal keine Sorgen, Frau Spielmann. Was Sie erzählt haben, ist äußerst interessant für mich, um mich in diese Zeit zurück zu versetzen. Und das nächste Mal, wenn ich denn wiederkommen darf, erzählen Sie dann, was 1945 geschehen ist. Was man erzählt, das heißt, was man herauslässt, das kann die Seele nicht mehr belasten. Reden Sie dann einfach drauflos. Ich denke, für heute ist es genug.«

»Ja, da haben Sie Recht. Man muss reden. Ich werde mich bemühen.«

Sie sah den Kommissar lächelnd an, der jetzt aufstand, sich bedankte und von den beiden Frauen verabschiedete. Aber jetzt wollte er den Kopf frei haben. Im Auto beschloss er, Frau und Sohn in Goslar abzuholen und schwimmen zu fahren. Dann fiel ihm ein, dass er in drei Wochen Urlaub hatte. Er würde mit der Familie ins Baltikum reisen. Bis dahin musste der Fall gelöst sein. Beide Fälle sollten gelöst sein. Der aktuelle Mord und die Sache mit dem Totenschädel, die in die Vergangenheit führte. Er war sich sicher, dass Ingrid Spielmann wusste, was damals geschehen war. Sie hatte es nur verdrängt, weil es so schrecklich war, sich das alles bewusst zu machen. Der einzige Weg war, sie erzählen zu lassen. Die alte Dame mit einem Psychologen zu quälen, wäre ein sinnloses Unterfangen. Damit wäre sie wahrscheinlich auch nicht einverstanden gewesen. Und die Tochter schon gar nicht. Also musste er selbst der Psychologe sein.

Kapitel 31

Antek fühlte sich wohl in Krakau. Sein Polnisch wurde immer besser. Die meisten Leute, mit denen er zu tun hatte, waren aber Österreicher, Deutsche, Asiaten und andere. In der Firma konnten viele Deutsch, aber er war erstaunlich schnell in der Lage, auch dem Polnisch der Kollegen zu folgen. Privat hing er ständig mit Jakub zusammen. Da hatten sich zwei gefunden. Natürlich konnten sie auch ernsthaft miteinander reden. Aber es machte viel mehr Spaß, zusammen albern zu sein. Einmal schlossen sie eine Wette. Es ging nur um eine Kleinigkeit. Interessant war der Wetteinsatz. Antek verdonnerte Jakub, wenn er die Wette verlor, dazu, in Unterhose und Gummistiefeln über den Krakauer Marktplatz zu gehen und in der Markthalle Bananen zu kaufen. Sollte Antek die Wette verlieren, durfte er einen Tag lang nur in Reimen sprechen. Allerdings betraf dies nur die deutsche Sprache. Polnisch und Englisch waren ausgenommen. Antek verlor die Wette, und als er morgens ins Büro kam, begrüßte er seine Kollegin vorsichtshalber auf Polnisch. Aber dann sagte sie auf Deutsch: »Gleich kommt Herr Heise aus Kassel zu dir. Er hat eben angerufen.«

Und Antek antwortete: »Danke Valeria, das ist wunderbar.«

»Soll ich Kaffee bringen?«

»Gerne, Valeria. Auch das wäre wunderbar.«

»Bist du heute albern?«

»Nein, ich darf heut nur in Reimen reden. Ich hoffe, dass ist nicht allzu sehr daneben.«

Dann kam auch schon Herr Heise, der von Valeria in Anteks Zimmer geführt wurde. Sie schüttelten sich die Hand und Antek sagte: »Guten Tag, Herr Heise. Ich hoffe, Sie hatten eine gute Reise.«

Als Valeria Herrn Heise nebenan mehrfach lauthals lachen hörte, fing sie an, sich Sorgen zu machen. Sie wollte schon schauen, ob alles in Ordnung sei, verkniff es sich dann aber. Schließlich endete die Unterredung, und Antek brachte seinen Besuch hinaus. Zum Abschied sagte er dann: »Herr Heise, es war mir ein Vergnügen. Ich hoffe, mein Angebot wird Ihnen genügen. Kommen Sie gut nach Hause. Machen Sie unterwegs mal eine Pause. Ich melde mich per Telefon, Sie wissen schon, dann kann ich wieder sprechen, wie ich will, und unterliege nicht mehr diesem albernen Reimendrill. Danke für Ihren Besuch, ich versuch', dass die Anlage Sie zufriedenstellt, damit Sie glücklich sind auf dieser Welt.«

Ein von Lachen geschüttelter Herr Heise, ein Unternehmer von Anfang vierzig, salopp angezogen, verließ das Büro und eine kopfschüttelnde Valeria sah Antek an, als hätte sie es mit einem armen Irren zu tun.

Als Antek später eine Reklamation durchgestellt wurde, schlich Valeria sich in sein Zimmer, um mitzuhören. Als er dann loslegte, krampfte sich ihr Bauch vor Lachen zusammen.

»Ich kann nur sagen, es tut mir leid, dass Sie solche Unbill haben. Versuchen Sie es mit Code acht, dann ist es schnell wieder in Ordnung gebracht. Sollte es dann noch nicht gehen, werde ich morgen neben der Anlage stehen. Dann wird´s wieder laufen und ich werde Champagner kaufen.«

So ging es den ganzen Tag. Wenn ein Gesprächspartner fragte, was denn los sei, antwortete Antek:

»Ich darf heute nur in Reimen reden. Ich hoffe, Sie werden mir vergeben. Ab morgen rede ich wieder ganz normal, denn dieses Reimen ist eine Qual.«

Dann war der Arbeitstag zu Ende und Antek wollte sich gerade auf den Heimweg machen, als Sigismund sein Zimmer betrat.

»Oh, Sigismund, du hast mir gerade noch gefehlt zu dieser späten Stund.«

Der Angesprochene ging prompt darauf ein und gab zur Antwort: »Oh, Antek, ich liebe deine Albernheit. Ich wollt nur sagen, sei bereit. Morgen ist ein neuer Tag, da kommt ein

Interessent aus Prag. Ich möchte dich gerne haben dabei. Und nun geh heim, dawei, dawei.«

Das war ein anstrengender Tag für Antek. Lieber wäre er in Unterhose und Gummistiefeln über den Marktplatz gelaufen und hätte in der Markthalle in diesem Aufzug Bananen gekauft. Er nahm sich fest vor, Jakub einen Kinnhaken zu verpassen.

Am nächsten Morgen rief seine Mutter im Büro an. Sie informierte ihn über die Gespräche, die der Kommissar mit Oma Ingrid führte. Antek war etwas beunruhigt. Was hatte seine Oma wohl für Leichen im Keller? Und war ihr das alles nicht zu viel? Als er dann den Kommissar anrief, war er wieder einigermaßen beruhigt.

»Sie brauchen sich keine Sorgen zu machen. Ich löchere Ihre Großmutter nicht. Ich sitze einfach nur da und lasse sie erzählen. Und ich habe sogar den Eindruck, dass es ihr gut tut. Ihre Mutter hat mir gesagt, dass Sie in Kürze wieder nach Lautenthal kommen. Nun, wenn es sich einrichten lässt, könnte ich dann ja noch mal kommen, und Sie setzen sich dazu, wenn Ihre Großmutter erzählt.«

Das war eine gute Idee. Antek verabschiedete sich und legte auf.

Kapitel 32

Mit wem war Christian Batz in Silbernaal? Gerald Schneider raufte sich die Haare. Seine Mitarbeiterinnen gingen noch einmal die Fernsprechlisten durch und checkten alle Leute ab, mit denen er telefoniert hatte. Das waren nicht besonders viele. Offenbar hatte Christian Batz nicht sehr viele Bekannte, was ja schon der Freund und die Schwester des Toten bestätigt hatten. Aber die Menschen, mit denen er in letzter Zeit telefoniert hatte, wurden alle unter die Lupe genommen. Nur in einem Fall war dies nicht möglich. Er hatte zweimal in Argentinien angerufen, einen gewissen Nestor Buchheim. Man hatte mehrfach versucht anzurufen, um zu ergründen, warum die beiden miteinander telefoniert hatten. Aber er nahm nicht ab.

In ein paar Tagen würde diese Frau aus Oldenburg kommen. Viel Hoffnung hatte Schneider nicht, dass er dadurch weiterkam. Aber in bestimmten Situationen griff man nach jedem Strohhalm. Heute stand mal wieder Frau Spielmann auf dem Plan. Vielleicht würde sie ja heute endlich auf die entscheidenden Tage zu sprechen kommen. Sie hatte mehrfach angekündigt, dass 1945 etwas ganz Schreckliches und Mysteriöses passiert sei. Er setzte sich also ins Auto und fuhr mal wieder nach Lautenthal.

»Guten Tag, Frau Spielmann. Ich hoffe, es geht Ihnen gut.«

Schneider nahm zusammen mit Tochter Regine Platz am runden Tisch im Wohnzimmer der alten Dame, die heute etwas zerstreut wirkte und erwiderte: »Ach, Herr Kommissar. Natürlich freue ich mich jedesmal auf Ihren Besuch. Aber je näher ich dem Jahr 1945 komme, desto unruhiger fühle ich mich. Es gibt Dinge, über die ich noch mit keiner Menschseele gesprochen habe. Noch nicht mal mit meiner Mutter oder meiner Tochter. Außerdem bin ich mir gar nicht sicher, ob ich damals alles richtig erfasst habe. Ich habe das Gefühl, dass da ein großes Loch ist. Dass ich irgendetwas Wichtiges übersehen habe.«

»Machen Sie sich keine Sorgen, Frau Spielmann. Erzählen Sie einfach, was Sie wissen. Und erzählen Sie auch ruhig, was Sie vermuten, wenn Sie sich an bestimmte Dinge nicht richtig erinnern oder etwas tatsächlich nicht wissen können. Das hier ist ja keine Vernehmung, sondern ein Gespräch, das mir vielleicht hilft, etwas Licht ins Dunkel zu bekommen.«

»Ich bin so froh, dass gerade Sie mit dem Fall betraut sind. Ich glaube, einem anderen könnte ich das alles gar nicht erzählen. Ihre Frau muss sehr glücklich sein, so einen einfühlsamen Mann zu haben.«

Schneider lächelte verlegen und meinte bescheiden: »Na ja, größere Klagen habe ich von meiner Frau noch nicht zu hören bekommen. Aber so etwas beruht natürlich immer auf Gegenseitigkeit.«

Einigermaßen beruhigt durch die Anwesenheit des sanftmütigen Kommissars fing Ingrid Spielmann dann an zu erzählen:

»Anfang 1945 war allen klar, dass es nur noch eine Frage der Zeit war, bis alles restlos zusammenbrechen würde. Die Amerikaner waren nicht mehr aufzuhalten. Ich wusste zwar nicht, was dann geschehen würde. Aber es konnte eigentlich nur noch besser werden, auch wenn Deutschland besiegt war. Meine große Sorge galt natürlich dem ungeborenen Leben in meinem Bauch. Und die andere große Sorge war Antek. Im April gab es große Menschenströme kreuz und quer durch den Harz. Das waren vor allem Häftlinge, die aus frontnahen KZs auf Todesmärsche geschickt wurden. Und wir waren mittlerweile frontnah. Und es gab ja nicht nur die großen KZs, von denen alle reden, sondern auch viele, viele Außenlager, auch in unserer Gegend. Da war nicht nur Dora in Nordhausen, das ja jeder kennt. In fast jedem kleinen Kaff gab es Außenstellen. Anfang April hatte ich so einen dicken Bauch, dass sich die Leute das Maul zerrissen und spekulierten, wer wohl der Vater sei. Das brachte wohl Ludwig Batz dazu, zu glauben, er hätte jetzt Oberwasser. Es war völlig klar, dass er sich zum Ziel gesetzt hatte, unsere Familie, vor allem meine Mutter, die er hasste und fürchtete wie die Pest, zu vernichten.«

Kapitel 33

Der Harz war im April 1945 Schauplatz zahlreicher Kämpfe. Die heranrückenden Amerikaner waren trotz des teilweise erbitterten Widerstands nicht aufzuhalten. Der Westen Deutschlands war bereits weitgehend erobert. Nun wollten sie über die Mitte Deutschlands hinaus vordringen. Im Osten formierte sich die Sowjetarmee zur Überquerung der Oder und damit zur Erstürmung Berlins. Jeder rational denkende Mensch hätte sehen müssen, dass die Lage hoffnungslos war. Verteidigung bedeutete Tod. Viele Menschen glaubten aber noch immer der Propaganda mit ihren Durchhalteparolen. Dazu gehörte auch Ludwig Batz.

Eines Morgens erschien Antek nicht zur Arbeit. Ingrid und Augustine machten sich große Sorgen. Ingrid konnte mit ihrem dicken Bauch ohnehin keine schweren Arbeiten mehr machen. Alles, was sie sich nicht mehr zumuten konnte, wurde von Anneliese erledigt, die sich zu einer großen Hilfe entwickelt hatte.

Ingrid hoffte den ganzen Tag über, dass Antek noch kommen würde. Oder dass es eine Erklärung gab, warum er nicht kam. Nachmittags kam Anneliese dann auf die Idee, zur Innerste zu gehen, um Forellen zu fangen. Wahrscheinlich konnte sie die depressive Stimmung im Haus nicht mehr aushalten. Augustine und Ingrid saßen am Küchentisch und schwiegen sich an. Kurz nachdem Anneliese das Haus verlassen hatte, bollerte es an der Tür. Ohne auf ein *Herein* zu warten, stand plötzlich Ludwig Batz in der Küche. Zunächst grinste er nur hämisch, ohne ein Wort zu sagen.

Dann schoss es aus ihm heraus: »Ihr verfluchtes Saupack! Hab ich's mir doch gedacht... `ne Pollackenhure! Das wird euch teuer zu stehen kommen.«

Jetzt ging er drei Schritte auf Ingrid zu und schleuderte ihr ins Gesicht: »Dein polnischer Hurenbock hat alles gestanden. Ich musste zwar nachhelfen. Aber jetzt ist es raus. Er ist vor zwei Stunden erschossen worden. Und du kommst auch noch dran. Wenn dein Balg erst mal da ist, dann wirst du an den Pranger gestellt mit einem Schild um den Hals, wo *Polenhure* draufsteht.«

Mit einem Ruck erhob sich Augustine, und Batz wich ein paar Schritte vor ihr zurück und brüllte sie an:

»Du altes Satansweib hast verschissen. Dich krieg ich dran. Du hast diese Hurerei und die Rassenschande in deinem Haus unterstützt.«

Als Augustine auf Batz zu marschierte, verließ er fluchtartig das Haus. Er bog aber nicht nach links ab, um nach Hause zu gehen, sondern rechts in Richtung Steinbruch, wo die Straße nach Bad Grund hinführte. Augustine humpelte, so schnell es ging, hinter ihm her. Ingrid war wie von Sinnen. Nach ein paar Minuten warf sie sich eine Jacke über und folgte ihrer Mutter, die schon fast hinter den Bäumen verschwunden war. Da, wo die Innerste einen Bogen macht, geriet Batz außer Atem und setzte sich neben die Bahnschienen. Er war so erregt und durch seinen schnellen Gang so außer Puste, dass er gar nicht mitbekam, dass plötzlich Augustine hinter ihm auftauchte. Ingrid, die zum Schluss trotz ihres dicken Bauches gerannt war, sah durch die Bäume, dass ihre Mutter ihren Stock erhob, den dicken Knauf nach vorn gerichtet, und Batz von hinten ins Genick schlug. Dann noch mal auf den Schädel. Er kippte um, mit dem Kopf auf eine Bahnschiene. Ingrid rannte nach Hause zurück. Sie konnte ihrer Mutter jetzt nicht gegenüber treten. Sie wusste zwar, dass diese eine Kämpferin war. Aber was sie jetzt gerade getan hatte, ging über ihre Vorstellungskraft hinaus. Sie hatte eine Grenze überschritten. Was sollte nun werden? Es würde doch herauskommen.

Als sie das Haus erreicht hatte, war sie mit ihren Kräften am Ende. Antek tot, und Mutter war zur Mörderin geworden, weil sie keinen anderen Weg gesehen hatte, um sie, ihre Tochter zu retten. Sie setzte sich an den Küchentisch, verschränkte die Arme, barg darin ihren Kopf und fing hemmungslos an zu weinen. Nun war alles aus.

Kapitel 34

Ingrid Spielmann brach in Tränen aus. Ihre Tochter Regine stand auf, um ihr den Arm um die Schulter zu legen. »Mama, ich glaube, das reicht. Es belastet dich zu sehr«, sagte sie mitfühlend, während Kommissar Schneider ein schlechtes Gewissen befiel und ebenfalls meinte: »Ihre Tochter hat Recht. Ich möchte nicht, dass Sie das Leid alles noch mal durchleben.«

Die alte Frau Spielmann hingegen sagte fast energisch: »Nein. Ich bin nicht aus Pappe. Die ganzen Jahre habe ich diesen Mist in mich reingefressen. Jetzt soll es endlich mal raus. Es geht mir gut. Setz dich wieder hin, Regine. Und Sie, Herr Schneider, brauchen kein schlechtes Gewissen zu haben, nur weil ein altes Weib mal heult. Ich will das jetzt endlich loswerden. Regine, sei so lieb und hole uns ein Glas Wein. Ich denke, das täte uns allen jetzt gut.«

Regine gehorchte wie ein kleines Kind. Sie ging in die Küche und kam mit drei Gläsern Rotwein zurück. Dann redete Ingrid Spielmann, die sich inzwischen die Nase geputzt hatte, weiter: »Meine Mutter wusste nicht, dass ich sie beobachtet hatte, als sie diesen verdammten Batz erschlug. Ich habe sie nie darauf angesprochen. Und sie hat mir nichts erzählt. Als sie nach der Tat nach Hause kam, hat sie nur gesagt: „Diese Schweine konnten vielleicht Antek umbringen. Aber dir wird nichts geschehen. Und dem Kind auch nicht." Damit war für sie der Fall erledigt. Wir haben nie wieder über Batz geredet. Am nächsten Tag hat man dann eine Leiche bei der Bahnstrecke gefunden. Völlig zerfetzt. Vom Zug überfahren. Den Kopf hat man allerdings nie gefunden. Und Ludwig Batz wurde nie mehr gesehen. Er war einfach weg. Vermutlich hat man die Leiche damals gar nicht identifizieren können. Es gab ja nur noch Einzelteile. Es sind damals so viele Menschen umgekommen. Wer hätte das denn untersuchen sollen? Wir rechneten jeden Tag damit, dass die Amerikaner vor der Tür stehen. Ein paar Tage später kamen sie dann tatsächlich. Und später haben die Engländer die Gegend übernommen.«

Jetzt griff Ingrid zu ihrem Glas und leerte es zur Hälfte aus. Der Kommissar tat das gleiche, während Regine ihre Mutter anschaute und sagte: »Das alles hättest du mir doch mal erzählen können. Stattdessen schleppst du es dein Leben lang mit dir herum.«

»Ich wollte dich nicht damit belasten, Kind. Naja, jedenfalls war die Gefahr, dass mir und dem Kind durch die Nazis etwas zustoßen könnte, plötzlich vorbei. Aber dann fing etwas anderes an.«

»Was denn noch, um Himmels willen?«, schoss es aus Regine heraus, die ganz fassungslos aussah.

»Übrigens, Herr Kommissar, was mir jetzt einfällt: Sie glauben ja, dass die Brosche meiner Mutter bei den Sachen war, die Ludwig Batz vergraben hatte. Das glaube ich nicht. Ich weiß, dass sie diese Brosche damals benutzt hat, um ihr Umhängetuch zusammenzuhalten. Ich schätze mal, dass sie sie da verloren hat. Wenn Sie Augustine gesehen hätten, wie sie ausgeholt hat, da kann der Verschluss aufgegangen sein, und auf dem Rückweg hat sie sie dann verloren. Und Ihre Leute haben sie nach all den Jahren wiedergefunden.«

»Das wäre eine logische Erklärung.«

Ingrid Spielmann fuhr fort: »Es war mir egal, dass meine Mutter diesen furchtbaren Menschen erschlagen hat. Nur, was mir dann widerfahren ist, hat mir schwer zu schaffen gemacht.«

Mit großer Spannung sahen Regine und Schneider jetzt Ingrid an. Beide wussten, dass jetzt noch etwas Schlimmes kommen würde.

»Dass sie Antek umgebracht hatten und ich ihn nie wiedersehen würde, wurde mir erst nach und nach richtig klar. Ich wusste zwar, dass unsere Beziehung keine Zukunft hatte. Aber dass dieses junge Leben einfach so ausgelöscht wurde…

Er hatte doch keinem Menschen etwas getan. Man hatte ihn seiner Familie in Polen entrissen, damit er für die Kriegsmaschinerie der Deutschen arbeitete. Und als er nicht mehr gebraucht wurde, hat man ihn umgebracht. Wie so viele andere. Hinzu kam, dass er das Verbrechen begangen hatte, zu lieben.«

Jetzt brach Frau Spielmann wieder in Tränen aus, wehrte aber ab, dass man sich ihr zuwendete, beruhigte sich schnell und erzählte weiter: »Trotzdem hat mir dieser wunderbare Mann das größte Geschenk meines Lebens gemacht: meine Tochter.«

Jetzt war es um Regine geschehen. Sie fing an zu weinen, und ihre Mutter sagte: »Ist gut, mein Kind. Du sollst nicht weinen. Es reicht ja, wenn ich heute so nahe am Wasser gebaut bin. Und die zweite große Freude meines Lebens war, als mein Enkel geboren wurde. Und als Regine dann auf die Idee kam, ihn Antek zu nennen, war ich noch glücklicher. Und sehen Sie sich diesen Kerl an, Herr Kommissar! Er ist so ein lebensfroher Bursche geworden. Er hat sogar unsere polnische Verwandtschaft ausfindig gemacht. Nächste Woche bringt er den Halbbruder von Regine mit hierher.«

»Das ist ja wie ein großes Abenteuer. Vor allem ist es erstaunlich, wie die dunkelsten Stunden des Lebens letztendlich etwas Gutes hervorbringen«, sagte Schneider, der zutiefst gerührt war, an diesem familiären Melodram teilzuhaben.

Nun trank Ingrid wieder einen Schluck Wein und redete weiter: »Eines muss ich noch loswerden. Ich rede schon die ganze Zeit darum herum. Einige Tage nach dem Vorfall mit Ludwig Batz fuhr ein Zug vorbei. Von unserem Haus aus konnte man ja die vorbeifahrenden Züge sehen. Ich stand am Fenster und sah einen leeren Zug vorbeifahren. Das war äußerst ungewöhnlich. Abgesehen von den Transportwaggons waren auch Personenwaggons angehängt. Aber alle waren leer. So etwas gab es damals eigentlich gar nicht. Die Reisemöglichkeiten waren mittlerweile so schlecht, dass alle Züge immer rappelvoll waren. Aber diese Waggons waren leer. Nur ein Mann in Uniform stand am Fenster und hat schwerfällig gewunken. Und das Erschreckende war, dass dieser Mann keinen Kopf hatte. Ich könnte schwören, dass ich das nicht geträumt habe. Es war vollkommen real. Dieser verfluchte Zug hat mich noch jahrelang verfolgt. Nach dem Krieg, als die Züge nachts wieder mit Beleuchtung fuhren, war es besonders schlimm. Irgendwann hatte ich meine Angst soweit überwunden, dass ich sogar bei Dunkelheit raus ging und auf die Bahnschienen schaute. Ich sagte mir, dass das nicht sein könne. Aber der Zug kam immer wieder. Und der kopflose Mann winkte und winkte. Ich erzählte meiner Mutter davon, die mich nur ansah und kein Wort sagte. Ich war nicht verrückt. Ich zeigte ja auch sonst keinerlei Anzeichen für einen wirren Geist. Als wir dann Anfang der fünfziger Jahre da wegzogen, war es vorbei. Dieselbe Bahnlinie ist zwar auch von unserem Grundstück hier nicht weit entfernt. Aber ich habe diesen Zug mit dem kopflosen Mann nie wieder gesehen.«

Schneider und Tochter Regine schauten Ingrid Spielmann verlegen an, bis diese sagte: »Ach, was bin ich froh, dass ich das jetzt endlich mal jemandem erzählt habe.«

Nach einer kurzen Pause entgegnete Schneider dann: »Wir müssen uns wohl damit abfinden, dass es Dinge gibt, die wir nicht erklären können. Wir werden wohl nie alles restlos aufklären, was wir nicht verstehen. Auf jeden Fall danke ich Ihnen, liebe Frau Spielmann, für Ihr Vertrauen. Die Sache mit dem Totenschädel werden wir wohl nie ganz aufklären können, denn da wir die DNA von Ludwig Batz nicht kennen, können wir auch nicht feststellen, ob es sich tatsächlich um seinen Schädel handelt, den wir da gefunden haben. Und ob die Hiebe Ihrer Mutter tödlich waren und er dann vom Zug überrollt wurde, können wir auch nicht beweisen. Es ist möglich, aber wir wissen es nicht. Sollte es so gewesen sein, dann kann man das aus heutiger Sicht als eine Art Nothilfe sehen. Denn Ihre Mutter wollte Ihr Leben retten. Ich denke, wir haben nicht das Recht, uns so viele Jahre danach ein moralisches

Urteil zu erlauben.«

»Für diese Worte danke ich Ihnen, Herr Schneider. In meinen Augen war meine Mutter nie eine Mörderin.«

»Noch etwas anderes«, sagte Schneider nun, »in ein paar Tagen kommt eine Frau zu mir, die diese Zeit auch miterlebt hat, hier in Lautenthal. Es gibt da eine Verbindung zu Ludwig Batz. Der Mann dieser Dame gehörte möglicherweise zu den Erpressungsopfern von Batz. Falls es nötig sein sollte, noch einmal auf Ihr Wissen zurückzugreifen, müsste ich mich noch mal bei Ihnen melden. Aber mit großer Wahrscheinlichkeit wird das wohl nicht nötig sein.«

»Kein Problem, Herr Schneider. Sie sind hier immer willkommen.«

»Danke. Äh, diese Frau, von der ich gesprochen habe, hat übrigens auch mal kurze Zeit in Silbernaal gewohnt. Kennen Sie vielleicht eine Anneliese Katzenmeier?«

»Katzenmeier? Nein. Nie gehört. Ich glaube, in Lautenthal gab es mal eine Familie, die so hieß. Die müssen aber schon vor einer Ewigkeit weggezogen sein. In Silbernaal gab es nie Katzenmeiers. Aber die Frau hatte ja früher bestimmt einen anderen Namen.«

»Oh, den Mädchennamen habe ich jetzt nicht parat.«

»Das wird doch wohl nicht unsere Anneliese sein? Wie hieß sie denn noch mal mit Familiennamen? Ach, mein Gott, das Gedächtnis. Naja, fragen Sie sie doch nach ihrem Mädchennamen, wenn sie hier ist. Falls das tatsächlich unsere gute Anneliese sein sollte, die hier über ein Jahr lang gearbeitet hat, dann muss ich sie unbedingt sehen.«

»Ich werde sie fragen, ob sie Sie kennt.«

Gerald Schneider fuhr, in Gedanken versunken, nach Hause. Was diese alte Dame ihm in letzter Zeit, und ganz besonders heute, erzählt hatte, bewegte ihn. Seit Jahrzehnten hatte er es mit menschlichen Abgründen zu tun. Mord und Totschlag, Kindesmissbrauch, Vergewaltigung – das alles gehörte zum Repertoire eines Kriminalbeamten in seiner

Position. Aber dass ihm ein Mensch sein ganzes Leben so offenbart hatte – und, mein Gott, was war das für ein Leben! – das war ihm bisher noch nicht widerfahren. Er empfand tiefen Respekt vor Ingrid Spielmann.

Kapitel 35

Jakub war für Antek in der kurzen Zeit, seit sie sich kannten, zu einem echten Freund geworden. Er konnte sich ernsthaft mit ihm unterhalten, ohne dass es Tabuthemen gab. Aber irgendwann im Laufe einer Begegnung driftete es immer ab auf ein Niveau zwischen Albernheit und Absurdität. Da hatten sich zwei Geistesverwandte gefunden, die, jeder für sich genommen, schon verrückt genug waren, um normale Menschen zum Kopfschütteln zu bringen. Aber als Doppelpack waren sie unschlagbar. Hinzu kam, dass Jakub eine Vorliebe fürs Wetten hatte. Das hatte nichts zu tun mit Glücksspiel, Pferdewetten oder dergleichen. Nein, ihm ging es um den Wetteinsatz. Ständig kam er mit irgendwelchen obskuren Ideen, was einer zu tun hatte, wenn er die Wette verlor. Und Antek konnte sich noch so sicher sein, zu gewinnen, am Ende verlor er und musste die verrücktesten Sachen machen. Nur gut, dass ihn in Krakau noch nicht so viele Leute kannten.

Zwei Tage vor ihrer gemeinsamen Fahrt nach Deutschland trafen sich die beiden abends zum Essen in einem Lokal. Jakub hatte ein kleines Geschenk für Antek dabei.

»Oh, wie komme ich zu dieser Ehre?«

»Das ist dafür, dass du mein deutscher Lieblingscousin bist. Außerdem bist du mein einziger deutscher Cousin. Ist das nicht Grund genug? Pack gleich mal aus. Ich bin gespannt, ob dir das gefällt.«

Antek war in der Tat neugierig. Vor allem, weil er vermutete, dass dieses Geschenk nicht ganz scherzfrei war. Natürlich, es handelte sich um einen quietschgrünen Borat-Badeanzug, so ein Teil, wo mehr rausschaut als verdeckt wird. »Das ist ja fantastisch, Jakub. Woher wusstest du, dass ich mir diesen Badeanzug schon so lange gewünscht habe?«

»Intuition. Außerdem können wir den gleich für unsere nächste Wette verwenden. Der Verlierer muss in deinem Heimatstädtchen Lautenthal mit diesem Teil und Gummistiefeln bekleidet eine Runde um den Marktplatz gehen und anschließend ein Bad im Springbrunnen nehmen.«

»Das ist eine gute Idee. Ich freue mich schon darauf, ein Foto von dir in diesem Outfit zu machen und es dann in Krakau herumzuzeigen«, konterte Antek.

Zwei Tage später machten sich die beiden in Begleitung von Jakubs Vater Karol auf den Weg.

Kapitel 36

Anneliese Katzenmeier war eine Frau von der Sorte, von der man meint, dass sie nicht totzukriegen sei. Mit ihren zweiundachtzig Jahren sah sie aus wie eine Frau in ihren Sechzigern, die gerade von der Arbeit kommt, um anschließend den Haushalt in Ordnung zu bringen, für eine große Familie zu kochen sich danach mit ihren Enkeln über die aktuelle Musikszene zu unterhalten. Mittelgroß, dunkel gefärbtes Haar, salopp in Jeans und heller Bluse gekleidet, betrat sie das Büro von Kommissar Schneider. Der war zuerst ganz perplex über ihre Erscheinung. Obwohl ihre Stimme am Telefon relativ fest und selbstbewusst geklungen hatte, war er doch einigermaßen erstaunt, wie wenig diese Frau dem Klischee einer über Achtzigjährigen entsprach.

An seinem Besuchertisch bat Schneider sie zunächst, ein wenig über sich zu erzählen, damit er einen Eindruck bekam, mit was für einer Persönlichkeit er es zu tun hatte. Außerdem hatte er die Erfahrung gemacht, dass es Gesprächspartnern, gerade bei der Polizei, gut tat, die menschliche Seite anzusprechen. Die Leute sollten das Gefühl haben, dass sie wichtig und interessant seien. Die reinen Fakten, auf die es ankam, würde er schon noch früh genug hören. Wichtig für ihn war, dass die Leute spürten, dass ein Kriminalbeamter ein ganz normaler Mensch war, der es gut mit ihnen meinte. Damit hatte er seit langem Erfolg. Außerdem entsprach diese Vorgehensweise seinem Wesen. Er wollte nie ein harter Bulle sein.

»Tja, Herr Schneider, wo soll ich da anfangen? Am besten am Anfang.«

Und sofort fing sie an zu lachen. Schneider schmunzelte sie an und freute sich über die Lockerheit der Frau.

»Also, ich bin in Lautenthal geboren. Wir waren ein Haufen Geschwister. Und wir waren arm. Es gab damals kein Kindergeld oder sonst irgendetwas, was den Leuten das Leben erleichterte. Mit vierzehn habe ich in Silbernaal gearbeitet, das war bei Augustine Spielmann. Da hatte ich freie Kost und Logis und bekam im Monat fünfzehn Mark, wovon ich zehn zu Hause abgeliefert habe. Das war eine schwere Zeit, aber es war auch schön. Ich musste mich nicht mehr zu Hause um die kleineren Kinder kümmern, hatte auch mal etwas Freizeit. Und bei Frau Spielmann und ihrer Tochter Ingrid hat es mir einfach gefallen. Ich hatte da zum ersten Mal in meinem Leben ein eigenes Zimmer. Aber als der Krieg zu Ende war, musste ich wieder nach Hause, weil meine Mutter starb. Tja, und dann habe ich mich ein paar Jahre um die jüngeren Geschwister gekümmert. Das war hart. Vor allem, in der Nachkriegszeit gab´s ja nüscht zu fressen. Entschuldigung, immer wenn ich im Harz bin, geht es wieder los mit dieser Sprache.«

»Das ist mir sehr sympathisch«, entgegnete Schneider.

»Naja, jedenfalls haben wir auch das überstanden. Und dann lernte ich einen Mann kennen, Rudolf Katzenmeier. Wir haben dann geheiratet und sind 1954 nach Oldenburg gezogen, wo er sich selbstständig machen konnte mit einer Tischlerei. Wir haben drei Söhne bekommen. Einer wohnt jetzt auf Mallorca, wo er ein kleines Hotel hat. Da komme ich gerade her. Der nächste wohnt in Amerika und der Jüngste ebenfalls in Oldenburg. Ich bin gut ausgelastet mit dem Herumreisen zwischen meinen Kindern und Geschwistern und habe Enkel und Urenkel. Das ist mein Leben.«

»Prima. Sie machen einen zufriedenen Eindruck.«

»Das bin ich auch. Es hat sich im Laufe der Zeit vieles zum Guten gewendet. Natürlich gab es mal Rückschläge. Aber, dass es mir jemals so gut gehen würde wie heute, damit konnte ich in meinen ersten zwanzig Lebensjahren nicht rechnen.«

»Frau Katzenmeier, warum ich Sie sprechen wollte: Ein Enkel von Ludwig Batz ist in Silbernaal ermordet worden. Sie hatten ja am Telefon gesagt, dass Sie etwas über diesen Ludwig Batz von Ihrem verstorbenen Mann wussten. Was ist da vorgefallen? Was hat Ihr Mann Ihnen erzählt.«

»Du meine Fresse! Entschuldigung, ich fange schon wieder an.«

»Sie brauchen sich nicht zu entschuldigen. Reden Sie einfach, wie Ihnen der Schnabel gewachsen ist.«

»Na gut. Das ist ja jetzt schon eine Ewigkeit her. Aber ich weiß noch ziemlich genau, was mein Mann mir erzählt hat. Dieser Batz war eine große Nummer in der Partei. Wenn er auch körperlich die richtige Größe gehabt hätte, dann wäre er bestimmt in der SS gewesen. Aber da das nicht möglich war, hat er sich auf andere Weise an den Staatsfeinden zu schaffen gemacht. Ich hab keine Ahnung, welche Funktion er hatte. Auf jeden Fall hat er dafür gesorgt, dass etliche Leute in der Gegend in irgendwelche Lager kamen oder ins Zuchthaus. Und bei öffentlichen Veranstaltungen hatte er immer die große Fresse auf. Irgendwann hat er dann auch ein Lager geleitet. Ich glaube, das war in Clausthal. Anscheinend hatte er persönlich aber nicht genug Vorteile davon. Und die hat er sich verschafft, indem er anfing, Leute zu erpressen. Mein Rudolf hat mir erzählt, dass sein Vater ihm alles Mögliche an Wertsachen zugeschanzt hatte, weil das Schwein ihm drohte, dass er ansonsten ins Lager käme. Ich weiß nicht, warum. Mit irgendwas muss er ihn in der Hand gehabt haben. Und meine Schwiegereltern waren im Gegensatz zu meiner Familie auch nicht arm. Das ist im Grunde schon alles, was ich Ihnen zu diesem Thema sagen kann. Ich könnte natürlich…, ach nee. Lassen wir doch den alten Kram lieber ruhen. «

Jetzt schaute Schneider etwas enttäuscht drein und hakte nach: »Also, Frau Katzenmeier, Sie müssen schon sagen, was Sie wissen. Wir versuchen schließlich, einen Mord aufzuklären. Und ob wir mit Ihren Informationen etwas anfangen können oder nicht, dass sehen wir dann.«

»Ach Mensch, Herr Schneider. Ich kann Ihnen doch nicht helfen, wenn ich Ihnen erzähle, was ich 1945 in Silbernaal gesehen habe. Da ist eine Sache passiert, über die ich, außer mit meinem Mann, nie geredet habe. Und der hat mir immer gesagt, ich soll das alles ruhen lassen. Und das war auch richtig so. Ich will doch nichts Schlechtes über Tote sagen.«

Jetzt schaute Schneider die alte Dame etwas streng an und sagte mit der Stimme eines Oberlehrers: »Frau Katzenmeier, raus mit der Sprache!«

Die Frau wand sich auf ihrem Stuhl. Es war ihr anzusehen, dass sie sich den Kopf zerbrach, wie sich da wieder herauswinden sollte. Dann sagte sie schließlich laut: »Scheißdreck, verflucht nochmal! Die alte Frau Spielmann, ich meine jetzt die Augustine, die war immer herzensgut zu mir. Ich hatte mir fest vorgenommen, das nicht zu erzählen. Was den Batz betrifft und diesen anderen Drecksack, den Buchheim, die sind mir scheißegal. Die können von mir aus in der Hölle verrotten. Aber ich wollte nie etwas Schlechtes über Augustine Spielmann sagen.«

»So, Frau Katzenmeier, jetzt mal eins nach dem anderen. Was ist mit Augustine Spielmann? Und von welchem Buchheim reden Sie? Bitte ganz langsam und ausführlich, damit ich es verstehe.«

»Ist ja gut, Sie Nervensäge von einem Kommissar. Aber zuerst besorgen Sie mir mal einen starken Kaffee.«

»Oh, entschuldigung, dass ich Ihnen noch gar keinen angeboten habe. Das ist unverzeihlich.«

»Nun übertreiben Sie mal nicht. Sie sind schon ein raffinierter Hund. Man denkt, Sie sind die Unschuld vom Lande, und dann leiern Sie mir Sachen aus dem Kreuz, an die man schon ewig nicht mehr gedacht hat.«

Lachend nahm Schneider das Telefon und bestellte bei einer Mitarbeiterin starken Kaffee.

»Also, das mit dem raffinierten Hund nehme ich mal als Kompliment. Ein Kriminalist, der nicht raffiniert ist, taugt nichts.«

Dann erzählte Frau Katzenmeier weiter: »So um 1941/42 zog eine Familie Buchheim nach Lautenthal. Man sah auf den ersten Blick, dass das bessere Leute waren. Die kamen wohl aus Ostpolen. Der Mann muss wohl auch eine große Nummer bei den Nazis gewesen sein. Offizier auf jeden Fall. Der Kerl hatte nur noch ein Bein. Kriegsverletzung, hieß es. Die oberen Ränge, vom Bürgermeister über die großen Bonzen in der Partei, und was es nicht alles gab, gingen bei ihm aus und ein. Ich weiß das, weil meine Tante bei der Familie putzen ging. Das Haus war prachtvoll ausgestattet. Wertvolle Möbel, ein Flügel, Silberbesteck, Gemälde an der Wand, weiß der Himmel. Das letzte Mal, dass ich diesen Buchheim gesehen habe, war im April 1945. Ich war ja in Stellung bei Spielmanns. Und das war ein fürchterlicher Tag. Der Antek, das war unser Fremdarbeiter, ein ganz lieber Kerl, der wohl auch der Vater von Ingrids Kind war, kam eines Morgens nicht zur Arbeit. Das hatte es noch nie gegeben. Ingrid und die alte Frau Spielmann machten sich Sorgen. Nachdem ich meine Arbeit soweit erledigt hatte, hielt ich es in dem Haus nicht mehr aus. Die Stimmung war so deprimierend. Die hochschwangere Ingrid war am Heulen und Bangen. Ich entschloss mich, zur Innerste zu gehen und Forellen zu fangen. Es gab ja sowieso kaum noch was zu essen. Ich stand gerade gebückt im Wasser, als dieser verfluchte Sauhund von Batz angestiefelt kam und sich, ganz außer Atem, neben die Bahnschienen setze. Er hatte mich nicht gesehen und saß dann mit dem Rücken zu mir auf dem Bahndamm. Kurz danach kam Augustine Spielmann, die mit ihren kurzen Beinen unfreiwillig komisch aussah. Wie schnell sie sich mit ihrem Krückstock bewegte! Sie sah Batz, nahm den Stock mit dem Knauf nach vorne und holte aus. Sie traf den Batz mit voller Wucht am Hinterkopf oder im Genick. Dann holte sie noch mal aus. Ich hatte mich inzwischen auf einen Stein gestellt, um besser sehen zu können. Der Batz kippte sofort um und lag auf den Bahnschienen. Dann verschwand Frau Spielmann wieder. Mir blieb fast das Herz stehen.«

Jetzt brachte eine Kollegin den Kaffee, und es entstand eine Pause. Schneider hatte die ganze Zeit nichts gesagt und hörte weiter gebannt zu.

»Und etwa eine Minute später trat dann Herr Buchheim humpelnd auf den Bahndamm, sah sich Batz an, holte ganz langsam eine Pistole aus seinem Mantel, schoss zweimal auf den Körper und bettete den Hals von dem Kerl auf eine Bahnschiene. Ich hatte Todesangst. Ich glaube, wenn der Buchheim mich entdeckt hätte, dann würde ich heute nicht hier sitzen. Aber dann verschwand er wieder hinter den Bäumen. Er musste wohl gesehen haben, was Augustine gemacht hatte. Und statt einzuschreiten oder zu helfen, wollte er wohl auf Nummer sicher gehen, dass er tatsächlich tot war. So, Herr Kommissar, das ist alles, was ich Ihnen sagen kann. Und es ist mehr, als ich eigentlich sagen wollte.«

Schneider schwieg noch eine halbe Minute und sagte dann: »Dass Augustine Spielmann auf Herrn Batz eingeschlagen hat, wusste ich schon von ihrer Tochter Ingrid.«

»Was!? Die war doch gar nicht da. Außerdem: lebt Ingrid etwa noch?«

»Also, gestern sah Ingrid Spielmann jedenfalls noch ganz lebendig aus. Und sie hat mich gebeten, Ihnen auszurichten, dass Sie sie gern sehen würde. Und zu Ihrer ersten Frage: Doch, Ingrid war da, als ihre Mutter den Batz niedergeschlagen hat. Aber Sie konnten sich gegenseitig nicht sehen. Denn Ingrid stand ein Stück entfernt hinter den Bäumen südlich vom Tatort, und Sie waren im Fluss, also durch die Böschung geschützt. Allerdings hat Ingrid nicht gesehen, dass Herr Buchheim den Batz erschossen hat. Sie ist nämlich sofort nach den Schlägen, die Augustine ihm versetzt hatte, weggerannt, und ist bis heute der Meinung, dass Augustine Ludwig Batz umgebracht hat. Da Frau Ingrid Spielmann eine sehr liebenswürdige Dame ist, die darunter lange Zeit gelitten hat, wäre ich Ihnen sehr dankbar, wenn Sie ihr das erzählen würden, was Sie mir eben erzählt haben.«

»Na klar, wird gemacht. Dass ich die Ingrid noch mal wiedersehe, hätte ich auch nicht gedacht.«

»Noch was anderes, Frau Katzenmeier: Haben Sie eine

Ahnung, was aus der Familie Buchheim geworden ist?«

»Nee. Die waren nach dem Krieg einfach verschwunden. Wie ich vorhin bereits sagte... der Mann war wohl eine große Nummer bei den Nazis. Wer weiß, was der in Polen gemacht hat? Vielleicht hatten sie Angst vor den Amis. Es wurde auch gemunkelt, die sind nach Südamerika. Aber das sind Vermutungen. Ich glaube, kein Mensch wusste das wirklich.«

»Südamerika ist interessant«, sagte Schneider mehr zu sich selbst und verabschiedete sich sehr herzlich von der Frau, die ihm wesentlich weitergeholfen hatte, als er zu hoffen gewagt hatte.

Dann trommelte er seine Leute zusammen, um sie über das Gespräch zu informieren. Höchste Priorität war für ihn nun, diesen Nestor Buchheim aus Argentinien zu finden. Vielleicht war er ja sogar in Deutschland.

»Also, Freunde, ich will, dass Ihr alle Fluggesellschaften abtelefoniert, ob dieser Buchheim nach Europa gekommen ist. Außerdem Deutsche Botschaft in Argentinien, Argentinische Botschaft in Deutschland, Konsulate. Wenn nötig, müssen wir uns internationale Hilfe holen. Kreditkartennummer herausfinden. Ich will diesen Menschen haben.«

Die Mitarbeiter schauten ganz verwundert. So viel Energie hatten sie bei Ihrem Chef selten erlebt. Hoffentlich würden sie diesen Buchheim bald finden. Und hoffentlich würde Schneider nicht enttäuscht, wenn er mit seinen Vermutungen daneben lag.

Kapitel 37

» M ein Gott, Anneliese, wenn du mir das schon 1945 erzählt hättest, dann wäre mir sicherlich wohler gewesen. Ich dachte immer, dass meine Mutter den Batz umgebracht hat. Dass der Buchheim auf ihn geschossen hat, kann ja nur bedeuten, dass er noch lebte, nachdem meine Mutter auf ihn eingeschlagen hatte.«

Anneliese Katzenmeier saß bei Ingrid Spielmann im Wohnzimmer und erzählte mit siebenundsechzigjähriger Verspätung, was sie damals gesehen hatte.

»Ingrid, ich hatte Todesangst. Ich wusste ja auch nicht, dass du da warst und mit angesehen hast, was deine Mutter getan hat. Aber wahrscheinlich hat sie genau das Richtige gemacht. Sie wollte dich schützen. Da wird eine Mutter zur Not eben auch zur Mörderin. Und dieser verfluchte Krepel hatte es mehr als verdient. Ich frage mich bloß, warum der Buchheim das gemacht hat. Ich kann mir nicht vorstellen, dass der Batz ihn irgendwie in der Hand hatte. Dafür war der Buchheim einfach eine Nummer zu groß. Wer weiß, vielleicht haben die beiden ja irgendwas zusammen ausgeklüngelt. Und damit der Batz die Schnauze hält, hat er ihn einfach kalt gemacht.«

»Da kannst du Recht haben, Anneliese. Das Schlimmste in meinem ganzen Leben war für mich, dass Antek zum Schluss noch umgebracht wurde. Und daran ist allein dieser Batz Schuld. Aber danach war es für mich immer noch nicht zu Ende. Jahrelang habe ich diesen verdammten Zug vorbeifahren sehen. Und da stand immer dieser winkende Mann ohne Kopf.«

»Warst du mal beim Arzt deswegen? Oder beim Psychologen?«

»Um Himmels willen, die hätten mich ja damals gleich weggesperrt. Aber ich sage dir, ich war nicht verrückt. Es war völlig real.«

»Naja, vielleicht sollte man das jetzt wirklich ruhen lassen. Es ist längst vorbei. Du hast deine Tochter großgezogen, und einen Enkel hast du auch. Es hat sich alles zum Guten gewendet.«

»Ja, natürlich. Und die Zeiten, als man mich noch als Polenhure und Flittchen bezeichnet hat, oder meine Regine als Hurenkind tituliert wurde, sind auch vorüber. Heute spielt es keine Rolle, ob man verheiratet ist, wenn man ein Kind hat. Aber Schwamm drüber. Ich habe mich nach dem Krieg irgendwie durchgefressen. Allerdings hatte ich nicht mehr die Kraft, die Firma weiterzuführen. Stattdessen habe ich angefangen, für andere Betriebe die Buchführung zu machen. Das fing an mit der Firma meines Schwagers in Clausthal. Und dann hat es sich herumgesprochen, und es kamen immer mehr kleine Betriebe auf mich zu. So hat es sich ausgezahlt, dass meine Mutter mich als junges Mädchen nach Braunschweig geschickt hatte, um Buchführung und diese ganzen kaufmännischen Sachen zu lernen. Das war natürlich bequemer, als mit den Pferden in den Wald zu gehen und zu arbeiten wie ein Mann. Und meine Tochter konnte bei mir sein. Aber das ist eine andere Geschichte. Zurück zur Gegenwart: Morgen kommt Antek aus Polen. Und er bringt den Halbbruder von Regine mit.«

»Ach, wie ich mich für Regine freue. Das muss ja ein Erlebnis sein, wenn man als Einzelkind aufgewachsen ist, und dann bekommt man plötzlich einen Bruder geschenkt.«

Die beiden alten Damen unterhielten sich, als wären sie nie getrennt gewesen. Lustig wurde es, als sie sich die ganzen Anekdoten erzählten, die sie mit Augustine erlebt hatten. Anneliese konnte kaum sprechen, als sie sagte: »Weißt du noch, als deine Mutter dem Batz zugerufen hat: „Heil Hitler, dich soll der Blitz beim Scheißen treffen"?«

Jetzt konnte sich auch Ingrid nicht mehr halten vor Lachen. Als Regine ins Zimmer kam, sagte sie: »Was ist denn hier los? Mama, pass bloß auf, dass du dich nicht totlachst.«

Kapitel 38

»Na das nenne ich mal einen Volltreffer!«, sagte Gerald Schneider fast euphorisch, als sein Team ihm mitteilte, dass man Nestor Buchheim gefunden hatte. Er war am Tag, bevor Christian Batz umgebracht wurde, in Frankfurt gelandet, hatte dort ein Auto gemietet und war in den Harz gefahren. Es hatte zwar etwas Mühe gekostet, herauszufinden, wo er abgestiegen war. Aber indem man alle Hotels der Gegend abtelefoniert hatte, stand fest, dass er in einem Hotel in Bad Grund wohnte. Die Dame an der Rezeption, die etwas verunsichert war, weil sie nicht wusste, ob sie das eigentlich sagen durfte, rang sich dann aber durch und teilte der selbstsicher auftretenden Kommissarin mit, dass er noch nichts von Abreise gesagt hatte. Das hieß also, er fühlte sich sicher.

Schneider setzte sich kurzentschlossen ins Auto und nahm seine Mitarbeiterin Nina Liebe mit. Die fünfunddreißigjährige Kommissarin sah mit ihren kurzen hellblonden Haaren und ihrem sympathischen Lächeln sehr charmant aus, hatte aber eine Stimme wie ein General. Das lag wohl daran, dass der Vater Offizier sei, dachte Schneider. Aber als er ihr mal sagte, dass ihr Kommandoton bestimmt von ihrem Vater käme, meinte sie: »Mein Vater ist Oberst, und er spricht wie einer von der Telefonseelsorge. Der General in der Familie ist meine Mutter. Das hat wohl auf mich abgefärbt.«

Als sie die Rezeption des Hotels in Bad Grund betraten, bat Schneider um die Zimmernummer und darum, Nestor Buchheim nicht telefonisch über ihren Besuch zu informieren. Die leicht verschüchterte Mitarbeiterin meinte nur: »Wie Sie wünschen.«

Nachdem Schneider an die Tür geklopft hatte, war im Zimmer ein reges Treiben zu hören. Dann klopfte er noch einmal, und ein älterer Herr öffnete und sah Schneider und seine Kollegin fragend an.

»Guten Tag. Herr Nestor Buchheim?«

»Ja. Sie wünschen?«

»Schneider, Kriminalpolizei. Meine Kollegin, Frau Liebe. Wir möchten gern mit Ihnen sprechen. Können wir hereinkommen?«

Der Mann war laut der vorliegenden Informationen siebenundsiebzig. Er war schlank, hatte kurzes weißes Haar, und im Moment war er ziemlich aufgeregt. Er machte die Tür weit auf und sagte: »Bitte, treten Sie ein.«

Sie setzten sich auf die Polstergarnitur und Schneider fragte: »Herr Buchheim, wir möchten von Ihnen wissen, ob Sie einen Christian Batz kennen.«

»Ja, wir haben uns neulich getroffen. Vorher hatten wir ein paar Mal miteinander telefoniert.«

»Wie haben Sie ihn kennengelernt?«

»Er hat nach mir geforscht. In alten Unterlagen, die er von seinem Großvater hatte, stand der Name meines Vaters. Und er hat dann wohl herausbekommen, dass wir damals nach Argentinien ausgewandert sind. Nun gibt es nicht so furchtbar viele Buchheims in Argentinien. Und so hat er mich über das Telefonbuch gefunden. Der Grund seiner Nachforschungen war, dass er nach etwas suchte, was sein Großvater und mein Vater Ende des Krieges gemeinsam vergraben hatten. Das machte mich natürlich neugierig. Schließlich habe auch ich in den alten Unterlagen meines Vaters geforscht. Und so konnten wir die Stelle lokalisieren, die möglicherweise als Versteck gedient haben könnte.«

»Möglicherweise? Sie kommen doch nicht nach Deutschland wegen einer völlig ungewissen Sache.«

»Es war für mich schon ungewiss. Aber da ich seit meinem zehnten Lebensjahr nie wieder in Deutschland gewesen bin, habe ich diese Sache gern zum Anlass genommen, mal das Land meiner Vorfahren zu besuchen. Abgesehen davon: ich habe selbst einmal hier in der Gegend gelebt, bevor wir Deutschland verließen. Und ich wollte schon immer mal wiederkommen.«

»Wo haben Sie Herrn Batz getroffen?«

»Im Wald bei Silbernaal.«

»Aha. Und was ist da passiert?«

Nestor Buchheim war aufgeregt. Er überlegte bei jeder Antwort angestrengt. Dann fiel ihm aber die jeweils richtige Antwort ein, so als ob er sie auswendig gelernt hätte und sie nur abrufen musste.

»Christian hat gegraben, wo er den sogenannten Schatz vermutete. Aber er hat nichts gefunden. Ich bin dann wieder gegangen. Ich hatte meinen Mietwagen an der Straße geparkt. Ich war auch gar nicht sonderlich enttäuscht, weil ich sowieso nicht mit einem bedeutenden Fund gerechnet hatte. Wenn mein Vater etwas Wertvolles vergraben hätte, dann hätte er es mir irgendwann einmal erzählt.«

»Als Sie den Ort im Wald verließen, hat Herr Batz also noch gelebt?«

»Natürlich, warum sollte er denn nicht leben? Ihm ist doch wohl nichts zugestoßen?«

»Das kann man so sagen. Er wurde an dem Ort, an dem er gegraben hat, umgebracht.«

»Das ist ja furchtbar. Wer hat denn das getan?«

»Das würde uns auch interessieren. Haben Sie das vielleicht getan, Herr Buchheim?«

»Um Gottes willen! Wo denken Sie hin? Als ich ging, war er noch quicklebendig.«

Nina Liebe hatte sich erhoben und wandelte ganz gemächlich durch das geräumige, schön eingerichtete Zimmer. Dann ließ sie etwas fallen, sagte *hoppla* und bückte sich, um es aufzuheben. Sie schaute unters Bett und zog ein Handtuch hervor, in das allerlei Schmuckstücke, Uhren und sonstige Wertgegenstände gewickelt waren. Dann sagte sie mit ihrer tiefen Kommandostimme: »Herr Buchheim, ich glaube Sie sind uns eine Erklärung schuldig.«

Sie nahmen Nestor Buchheim kurzerhand mit nach Goslar, wo er eine erkennungsdienstliche Behandlung über sich ergehen lassen musste. Vor allem die Fingerabdrücke waren interessant, denn auf der Mordwaffe, dem Spaten, befanden sich neben den Fingerabdrücken von Christian Batz auch noch die eines Anderen.

Schneider sagte Herrn Buchheim, dass er verdächtig sei, Christian Batz ermordet zu haben. Daher sei es ihm freigestellt, sich einen Anwalt zu nehmen. Das wollte er nicht, da er ja unschuldig sei, auch wenn er zuerst nicht die Wahrheit gesagt hatte. Dann bat er darum, seine Familie in Kenntnis setzen zu dürfen, dass sich seine Abreise möglicherweise verzögerte. Da Schneider ihm dies gestattete, führte er ein etwa dreiminütiges Gespräch auf Spanisch. Schneider und Nina Liebe hatten keine Ahnung, was den Inhalt betraf. Sein Tonfall war jedenfalls sehr eindringlich.

Und dann erzählte Nestor Buchheim eine ganz andere Geschichte: Er blieb zwar dabei, dass Christian Batz ihn gesucht hatte, dass sie sich verabredet hatten, den von den Vorfahren vergrabenen Schatz zu bergen. Nur, sie hatten dann tatsächlich etwas gefunden. Und zwar eine Kiste mit allerlei Schmuck, Silberbesteck, wertvollen und weniger wertvollen Uhren und dergleichen. Beide waren jedoch enttäuscht. Sie hatten mit wesentlich exquisiteren Dingen gerechnet. Sie hätten dann die Sachen an Ort und Stelle geteilt und jeder sei seiner Wege gegangen.

Jetzt hakte Nina Liebe mit ihrer Generalsstimme ein: »Herr Buchheim, Sie wollen mir doch nicht weißmachen, dass Sie bei Nacht im Wald im Licht von Taschenlampen diesen Krempel aufgeteilt haben.«

»Doch, genau so war es. Wir waren enttäuscht und wollten die Sache zu Ende bringen. Ich habe meinen Anteil dann in eine Tasche gesteckt, mich von Christian verabschiedet und bin gegangen. Mehr kann ich dazu nicht sagen.«

Nina wollte gerade richtig loslegen, was Schneider nicht gefiel. Daher sagte er: »Wir machen jetzt erst mal eine Pause.

Vielleicht liegt ja schon das Ergebnis des Erkennungsdienstes vor.«

Nina verzog missbilligend ihren Mund, sagte aber nichts mehr, sondern folgte ihrem Chef in dessen Büro. Dort erfuhren sie, dass Nestor Buchheims Fingerabdrücke nicht auf dem Spaten zu finden waren. Die anderen Details, etwa DNA oder Faserspuren, würden noch ein paar Tage auf sich warten lassen.

»Wir haben nichts in der Hand, um den Mann festzunehmen. Wir können nicht nachweisen, dass er Christian Batz erschlagen hat. Es bleibt also die Frage: Nachdem Buchheim den Ort verlassen hat, erschien dann noch ein unbekannter Dritter?«

Nina wollte ihrem Chef nicht folgen. Für sie war Buchheim der Täter. Sie raufte sich ihre kurzen Haare, als Schneider sagte: »Ich kann mir nicht vorstellen, dass jemand wegen diesem bisschen Trödelkram, den wir gefunden haben, einen Menschen umbringt. Vielleicht gibt es ja noch etwas anderes, einen echten Schatz. Und Batz hat versucht, Buchheim für dumm zu verkaufen. Und da kam es zum Streit, und er hat Batz ein paar Schläge mit dem Spaten versetzt. Vielleicht hatte er Handschuhe an. Aber wie beweisen wir das?«

»Chef, lassen Sie mich mal eine Stunde mit dem Mann allein.«

»Ninanananananana!« Das war Schneiders Signal für Nina, wenn er etwas missbilligte. Dann fuhr er fort: »Sie und das ganze Team nehmen sich noch mal die Unterlagen von Batz vor. Studieren Sie alles noch einmal genauestens. Vergessen Sie die bisherigen Thesen. Außerdem werden das Hotelzimmer und das Mietauto von Buchheim durchsucht. Vielleicht finden wir da auch noch Unterlagen. Ich werde den Mann auf jeden Fall erst mal vorläufig festnehmen. Dass wir die Sachen bei ihm gefunden haben und dass er uns zuerst belogen hat, reicht dafür aus. Dann lassen wir ihn bis morgen schmoren. Und bis dahin müssen wir weitere Denkansätze fabriziert haben.«

Nina, ganz fasziniert von der Entschlossenheit ihres Chefs, rief ein soldatisches *Jawoll!*

Kapitel 39

—— —— ——

Als Regine sah, wie Anteks Wagen in die Einfahrt fuhr, arbeitete ihr Herz auf Hochtouren. Sie hätte jetzt nicht wissen wollen, welche Pulsfrequenz sie hatte. Sie trat vom Fenster weg und ging nach draußen. Die drei Männer waren inzwischen ausgestiegen. Karol, Regines neu entdeckter Bruder, schaute sich um und bestaunte die Blumen. Natürlich war das reine Verlegenheit. Dann kam Regine die Stufen herunter. Antek wollte gerade loslegen und ihr ihren Bruder vorstellen, als Karol ihr entgegen ging und sagte: »Regine!«

Dann folgte eine Umarmung. Antek und Jakub standen nur da und staunten. Ganz leise sagte Jakub zu seinem Cousin: »Da haben sich zwei gefunden.«

Es war unglaublich, wie die beiden miteinander umgingen. Karol wich seiner Schwester nicht mehr von der Seite. Als sie das Essen zubereitete, saß er am Küchentisch und half ihr. Sie unterhielten sich, als wären sie ihr Leben lang zusammen gewesen. Dabei ging es nur wenig um die Vergangenheit. Die beiden waren am Hier und Jetzt interessiert. An Kleinigkeiten. *Magst du Zucchini? Ja, ich habe welche im Garten. Am Komposthaufen wachsen sie besonders gut. Wollen wir heimlich vor dem Essen ein Gläschen Wein trinken? Ja, ich liebe es, vor dem Essen in der Küche Wein zu trinken. Sammelst du gern Pilze? Klar. Wollen wir morgen in den Wald gehen und sehen, ob wir welche finden? Sicher, liebend gern. Magst du sie mit viel Zwiebeln? Ja, und mit einem Schuss Sahne. Herrlich. Hat Jakub seinen Humor von dir geerbt? Nein, ich habe keinen Humor. Lachen. Aber Antek hat seinen Humor bestimmt von dir? Nein, ich habe auch keinen Humor. Wieder Gelächter.*

»Es ist beängstigend, wie gut sich die beiden verstehen«, meinte Antek zu Jakub, als sie lauschten, wie die beiden sich in der Küche unterhielten. So ging es die ganze Zeit. Regine hier, Karol da.

Ich helfe dir abräumen. Nein, auf keinen Fall. Ich will meinen großen Bruder verwöhnen. Und ich meine kleine Schwester.

Auch Ingrid war ganz angetan angesichts des spontan guten Verhältnisses zwischen den beiden. Sie hatte vorher etwas Angst gehabt, dass Karol sie als eine Art Ehebrecherin ansehen könnte, die seiner Mutter den Mann und ihm den Vater genommen hatte. Aber nichts dergleichen trat ein. Er behandelte Ingrid mit größter Liebenswürdigkeit. Es war ihr fast schon etwas peinlich, als er sie Mama Ingrid nannte. Aber sie genoss es, diesen Sohn ihres geliebten Antek um sich zu haben und ihre Tochter glücklich zu sehen.

Als Jakub am nächsten Tag ein paar Stunden mit Angela verbracht hatte, kam er ganz versonnen zurück. Offensichtlich hatte seine Verliebtheit an Fahrt zugenommen. Und Angela musste wohl genauso empfinden. Als Jakub kam, saßen alle im Garten und Antek konnte sich, wie üblich, eine Bemerkung nicht verkneifen: »Na, wie waren die Zungenspiele? Hast du meinen Rat von neulich befolgt? Du hast doch wohl nicht etwa…« Weiter kam er nicht, weil Jakub ihn mit einem geschickten Griff zu Fall brachte, sich auf ihn setzte, um ihm dann den Mund zuzuhalten.

Als Regine und Karol das sahen, sagte Regine: »Zwei Männer, die noch nicht gemerkt haben, dass sie eigentlich erwachsen sein sollten.«

Kapitel 40

Überstunden lagen in der Luft. Hauptkommissar Schneider hatte einen Riecher dafür, wenn sich ein Fall zuspitzte. Er hatte ein paar Leute nach Bad Grund mit einem Hausdurchsuchungsbefehl geschickt, um das Hotelzimmer und den Mietwagen von Herrn Buchheim unter die Lupe zu nehmen. Als sie den Wagen nicht fanden, fragte die Kriminalbeamtin die Hotelmitarbeiterin danach und bekam zur Antwort: »Ja, mit dem Wagen ist der junge Herr Buchheim weggefahren. Der hat vorhin ausgecheckt und auch die Rechnung für seinen Vater mitbezahlt.«

»Welcher junge Herr Buchheim?«

»Na, der Sohn von Herrn Nestor Buchheim. Gerhard mit Vornamen.«

Völlig entgeistert fragte die Beamtin: »Warum wussten wir denn nicht, dass die Buchheims zu zweit da waren?«

»Das weiß ich doch nicht. Ihre Kollegen haben sich nur nach Herrn Nestor Buchheim erkundigt. Soll ich vielleicht Ihre Arbeit auch noch mitmachen?«

»Nein, sollen Sie nicht. Sagen Sie mir aber bitte, ob dieser Sohn noch einmal in dem Zimmer seines Vaters war.«

»Das war er ganz bestimmt nicht, weil er ja keinen Schlüssel hatte. Er sagte, sein Vater würde einen Tag später abreisen.«

Als Schneider von der Existenz des Sohnes hörte, raufte er sich die Haare und trommelte seine Leute zusammen. Inzwischen kamen auch die Beamten an, die das Zimmer von Nestor Buchheim ausgeräumt hatten. Neben Kleidung und den Sachen, die man üblicherweise auf eine Reise mitnahm, fand sich auch eine handgezeichnete Karte von Silbernaal. Dort war der Ort des Geschehens eingezeichnet. Anders als in den Unterlagen von Christian Batz waren hier zwei Kreuze eingemalt. Das eine war mit BA beschrieben und das andere mit BU. Dazwischen war eine Linie gezeichnet. Darunter befand sich die Bezeichnung 2M.

Eigentlich wäre jetzt Dienstschluss gewesen – an normalen Tagen. Aber nun traf sich das ganze Team im Konferenzraum. Schneider hatte für diesen Fall fünf Mitarbeiter zur Verfügung, und alle waren anwesend. Nachdem alle Platz genommen hatten, legte er los: »Wie kann man nur so blöd sein und wie selbstverständlich davon ausgehen, dass Nestor Buchheim allein war? Wir hätten nur die Hotel-Mitarbeiterin fragen müssen. Diese Blödheit muss ich ganz allein mir zuschreiben. Als wir Herrn Buchheim erlaubt haben, zu telefonieren, hat er mit einiger Wahrscheinlichkeit seinen Sohn angerufen und ihn gewarnt. Ich gehe davon aus, dass er daraufhin seine Sachen gepackt hat und verschwunden ist. Wahrscheinlich sind Vater und Sohn an dem Mord an Christian Batz beteiligt. Da in dem Zimmer von Gerhard Buchheim mittlerweile auch Fingerabdrücke genommen wurden, können wir diese mit denen auf der Mordwaffe vergleichen. Auf keinen Fall darf Sohn Buchheim das Land verlassen. Nina, bitte veranlassen Sie das Notwendige. Sofort.«

»Jawoll!«

»Weiter im Text: Aufgrund der Unterlagen, und hier ist besonders die Karte aus Nestor Buchheims Zimmer interessant, schließe ich, dass es zwei vergrabene Schätze gegeben hat. Zum einen den, den wir bei Buchheim sichergestellt haben. Dieser Fund ist relativ bescheiden. Ich schätze den Wert mal auf kaum mehr als zwanzigtausend Euro. Und zum anderen einen wesentlich wertvolleren Schatz, den der Vater von Nestor Buchheim durch den Großvater von Batz hat vergraben lassen. Aus der Geschichte einer Zeugin wissen wir, dass der alte Buchheim den Ludwig Batz später erschossen hat, damit dieser nicht auf dumme Gedanken käme, wenn die Familie Buchheim das Land verlassen hat. Es muss also noch einen zweiten Schatz neben dem ersten geben. Das war auch der Grund, warum die Buchheims noch nicht abgereist sind.

Sie wollten erst mal etwas Ruhe am Tatort einkehren lassen und dann später diesen zweiten Schatz bergen. Und Christian Batz musste sterben, weil er angefangen hatte zu graben, bevor die Buchheims da waren. Er hat am Abend vor seiner Ermordung erst einen Freund und dann einen Schatzsucher angesprochen, ihm zu helfen, weil es ganz dringend sei. Warum war es denn so dringend? Weil er wusste, dass die Buchheims im Anmarsch waren. Leider sind sie etwas zu früh erschienen und haben ihn erwischt. In ihrer Wut und Habgier haben sie Christian Batz dann erschlagen. Buchheim junior hat dann den Wagen von Batz an die Innerstetalsperre gefahren. Und der Vater ist hinterher gefahren und hat seinen Sohn dann wieder mitgenommen ins Hotel.«

Jetzt musste Schneider erst mal tief ausatmen. So viel am Stück hatte er lange nicht mehr geredet.

»Wollen wir jetzt den zweiten Schatz bergen?«, fragte eine Mitarbeiterin.

»Ja. Ich denke, wir sollten das morgen früh in aller Ruhe in Angriff nehmen. Jetzt will ich mir noch mal Buchheim senior zur Brust nehmen und sein Gesicht sehen, wenn er erfährt, dass wir von seinem Sohn wissen, den er uns bisher verschwiegen hat.«

Kapitel 41

Als das Schiff in Lissabon ablegte, hatte der zehnjährige Nestor Buchheim schon mehr Abenteuer hinter sich als viele Menschen in ihrem ganzen Leben. Als kleines Kind hatte er in Polen gelebt. Dann zog die Familie in den Harz. Vor einigen Monaten ist er dann mit Vater, Mutter und Bruder auf abenteuerliche Weise in die Schweiz gereist. Dann musste man über die Berge nach Frankreich wandern. Von dort aus ging es nach Spanien, was sehr gefährlich war. Und dann waren sie für kurze Zeit in Portugal. Jetzt sollte es mit dem Schiff über den Ozean gehen, bis nach Argentinien, wo ihr Onkel sie erwartete. Der Onkel hieß auch Nestor und war bereits in Argentinien geboren. Ihm hatte er seinen komischen Namen zu verdanken. Aber dieser Onkel war reich. Er hatte sich auch um alles gekümmert, damit die Familie zu ihm kommen konnte. Früher war seine eigene Familie auch mal reich. In Polen. Aber durch den Krieg und die Amerikaner, Engländer und Russen war nun alles anders. Der Vater meinte, man könne nicht mehr in Deutschland leben.

Diese Geschichte hatte sich Gerhard Buchheim von seinem Vater etliche Male angehört, als er noch ein Kind war. Seine Großeltern hatten in Argentinien schnell Fuß gefasst. Die Verwandten dort waren wohlhabend. Sein Großvater stieg in das Antiquitätengeschäft von Nestor ein. Und nachdem der Großvater und Nestor, der selbst keine Kinder hatte, gestorben waren, übernahm sein Vater das Geschäft. Der ältere Bruder des Vaters wollte irgendwann mit der Familie nichts mehr zu tun haben und siedelte nach Brasilien über. Als Gerhard fünfundzwanzig war, übernahm er den Antiquitätenhandel vom Vater. Aber die Geschäfte gingen immer schlechter. Die letzte große Krise, als der argentinische Staat bankrott ging, hat alles zunichte gemacht. An einen Bankkredit war nicht zu denken. Gut, vielleicht hatte Gerhard es auch etwas übertrieben, zu große Privatentnahmen vorgenommen. Aber seine Großeltern und Eltern hatten auch immer auf hohem Fuße gelebt. Warum sollte das bei ihm plötzlich anders sein? Die Zeiten wurden wieder besser. Aber was fehlte, war eine Finanzspritze.

Eines Tages erzählte sein Vater ihm von einem Schatz, den sein Großvater vor Kriegsende vergraben haben sollte. Sein Vater hatte das alles längst abgeschrieben. Es kam erst wieder hoch, als er einen Anruf aus Deutschland erhielt. Da gab es noch einen Nachfahren von dem Mann, der mit seinem Großvater zusammen gearbeitet hatte. Sein Vater wollte von alledem nichts wissen. Er hielt es für abwegig, nach Deutschland zu fliegen, um einen Schatz zu bergen. Schließlich konnte er den Vater dazu bewegen, in den uralten Unterlagen des Großvaters zu kramen. Und da kam tatsächlich etwas zu Tage, was weiterhelfen konnte. Das Problem war, dass es ihm an Ortskenntnis fehlte. Wer wusste, wie es dort heute aussah, wo der Großvater etwas vergraben hatte? War der Ort überhaupt zugänglich? War er in Privatbesitz? War es dort einsam genug, um ungesehen etwas auszugraben? Oder war der Schatz vielleicht mittlerweile von anderen geborgen worden? Gerhard war klar, dass es ohne die Hilfe dieses Christian Batz nicht funktionieren würde. Also nahm er Kontakt zu dem Mann in Deutschland auf. Der Vater hatte nur widerwillig dessen Telefonnummer herausgegeben.

Weitere Forschungen in den Unterlagen des Großvaters ergaben, dass das, was er dort vergraben hatte, von sehr hohem Wert sein musste. Das, was der Großvater von Christian Batz beigetragen hatte, war anscheinend nicht annähernd von solchem Wert. Außerdem war die Ortsbeschreibung, die Gerhard hatte, offenbar besser als jene, die Christian Batz zur Verfügung stand. Schließlich verabredete man, sich in Deutschland zu treffen und die Sache gemeinsam anzugehen. Und Nestor willigte ein, seinen Sohn zu begleiten.

An einen Erfolg bei der Schatzsuche konnte er nicht recht glauben. Aber er freute sich darauf, die Orte seiner Kindheit wiederzusehen. Kurz vor dem Abflug telefonierte Batz noch einmal mit Nestor Buchheim. Und der war so leichtfertig, Christian die Ortsbeschreibung aus dem Dokument seines Vaters vorzulesen. Während des langen Fluges wurde Gerhard immer unruhiger. Was, wenn dieser Batz sich nun allein auf die Suche begeben würde? Dann war alles umsonst.

Die Maschine landete morgens in Frankfurt. Bis sie abgefertigt waren, sich orientiert und einen Mietwagen genommen hatten, verging viel Zeit. Dann die Fahrt Richtung Harz. Gerhard hatte sich schon zu Hause auf der Karte angesehen, wo man am besten ein Hotel nahm, von wo aus man schnell nach Silbernaal gelangen konnte. Er entschied sich für Bad Grund. Sie mieteten zwei Zimmer im Hotel. Gerhard wollte am liebsten sofort an den Ort des Schatzes. Aber sein Vater bestand darauf, sich erst mal hinzulegen. Der lange Flug hatte ihn zu sehr mitgenommen. Außerdem waren sie ja erst morgen mit Christian Batz verabredet. Aber Gerhard konnte es nicht abwarten. Er wollte sicher sein, dass Batz nicht schon vorher etwas unternahm. Sie würden also wohl erst bei Dunkelheit loskommen, um sich vor Ort umzusehen. Während sein Vater sich ausruhte, fuhr Gerhard los, um Taschenlampen zu kaufen.

Danach wollte der alte Herr zu allem Überfluss auch noch essen. Durch die lange Reise und die Zeitverschiebung war bei ihm wohl alles durcheinander geraten. Inzwischen war es aber so spät, dass es nirgends mehr etwas gab. Also blieb Gerhard nichts anders übrig, als dem Quengeln des alten Herrn nachzugeben. Er schaute auf die Karte und fuhr nach Goslar. Dort fanden sie ein Lokal, in dem ihnen auch noch um 23.00 Uhr etwas zubereitet wurde. Gerhard hatte seit über dreißig Stunden nicht mehr geschlafen. Trotz seiner Aufgeregtheit machte sich allmählich Erschöpfung in seinem Körper breit. Er konnte auch nicht mehr klar denken. Am liebsten hätte er sich hingelegt. Aber seine Gedanken konnte er sowieso nicht abschalten. Dann setzten sie sich wieder ins Auto und fuhren zurück nach Bad Grund. Nestor sagte seinem Sohn, dass sie jetzt wohl besser ins Hotel gehen sollten, um sich dann am nächsten Tag mit Christian Batz zu treffen, so wie sie es vereinbart hatten. Aber Gerhard stand jetzt unter Strom. Er fuhr weiter nach Silbernaal. Das war ja nur ein paar Minuten entfernt. Beim ersten Anlauf fuhr er allerdings vorbei und landete in Clausthal. Dann drehte er um. Er hatte sich unter Silbernaal einen Ort vorgestellt. Aber da standen nur ein paar Häuser an der Straße. Er hielt hinter dem einzigen Auto, das dort parkte. Dann stiegen sie aus und schauten sich um. Schließlich fanden sie einen Weg, der über das Flüsschen führte. Sie schalteten die Taschenlampen ein und gingen langsam Richtung Norden. Sein Vater fragte, wie sie denn die Stelle bei Nacht finden sollten. Gerhard ging gar nicht darauf ein. Er war wie besessen.

Da vorn zwischen den Bäumen war Licht. Das musste die Stelle sein. Warum war da jetzt Licht? Eine unbändige Wut stieg in Gerhard auf. Batz, du Schwein! Wenn du das bist, dann mach dich auf was gefasst.

Als die Buchheims dann bei der Lichtquelle ankamen, war ein Mann gerade damit beschäftigt, eine in verrottetem Wachstuch eingewickelte Kiste aus einer Grube zu ziehen. Er hatte die beiden in seinem Eifer gar nicht bemerkt. Noch ein Ruck, und dann hatte er die Kiste draußen. Er setzte sich auf den Boden und ließ die Beine in die Grube baumeln. Dann riss er das verdreckte Tuch ab, und zum Vorschein kam eine Holzkiste von vielleicht einem dreiviertel Meter Länge und einem halben Meter Breite. Sie war zugenagelt. Jetzt konnte Gerhard nicht mehr an sich halten. Er ging noch ein paar Schritte auf Batz zu, bis er etwa fünf Meter von ihm entfernt war, und sagte mit hämischer Stimme: »Du konntest es wohl nicht abwarten? Wir waren für morgen verabredet. Offenbar willst du uns bestehlen.«

Völlig erschrocken rappelte dieser sich auf und stammelte: »Mein Gott, habt ihr mich erschreckt. Seid ihr die Buchheims? Ich will euch doch nicht bestehlen.«

»Und warum wartest du dann nicht auf uns?«

»Ich dachte, wir waren für heute verabredet. Und weil ihr nicht gekommen seid, habe ich es alleine gemacht. Aber selbstverständlich teilen wir. Das war ja abgemacht.«

Nestor Buchheim stand nur da und hörte der Unterhaltung zu. Ihm war klar, dass der Mann log. Und ihm war nicht wohl angesichts der Wut, die sich im Gesicht seines Sohnes abzeichnete.

Dann sagte Batz: »Wollen wir nicht nachsehen, was da drin ist?«

»Ja, das wollen wir«, gab Gerhard zur Antwort, nahm den Spaten, der neben der Grube im Boden steckte und schlug auf die Kiste ein. Nach drei kräftigen Schlägen war der morsche Deckel zerstört. Dann hockte er sich auf den Boden und zog ein Stoffbündel heraus, das die ganze Kiste ausgefüllt hatte.

Jetzt trat auch Nestor näher und sagte streng: »Jetzt beruhigt euch mal.«

Er holte ein Taschenmesser heraus und schnitt das Bündel auf. Was da zum Vorschein kam, leuchtete überwiegend silbern im Schein der Taschenlampen. Das mussten die Sachen sein, die der Großvater von Batz vergraben hatte. Besonders wertvoll sah das nicht aus.

Trotzdem lächelte Christian Batz jetzt, als ob er einen riesigen Schatz geborgen hätte und sagte: »Ich denke, wir sollten jetzt fahren und die Sachen aufteilen.«

»Das denke ich auch«, gab Gerhard, etwas hämisch, zur Antwort.

»Allerdings nicht mehr heute. Wir nehmen die Sachen in unserem Wagen mit, und du kannst dann morgen zu uns ins Hotel kommen.«

»Du spinnst wohl. Kommt nicht in Frage. Woher weiß

ich denn, ob du inzwischen nicht die wertvollsten Stücke verschwinden lässt?«

»Wir sind nicht solche Betrüger wie du. Du hast schließlich angefangen zu graben, bevor wir hier waren. Wenn wir dich jetzt mit den Sachen ziehen lassen, sehen wir davon überhaupt nichts mehr. Wir müssen uns das alles in Ruhe ansehen und schätzen. Und das ist heute Nacht nicht mehr möglich. Wir haben eine lange Reise hinter uns. Komm also morgen ins Hotel.«

»Das wollen wir doch mal sehen. Lass die Pfoten von den Sachen!«

Gerhard hatte immer noch den Spaten in der Hand, drehte ihn nun um, fasste ihn mit beiden Händen und erhob ihn zu einer Drohgebärde. Mit einem Ruck zog Christian eine Pistole aus seiner Jacke. Bevor er sie jedoch auf Gerhard richten konnte, schlug dieser ihm den Spaten in Gesicht. Es folgte ein Aufschrei, und Christian machte eine Wende um hundertachtzig Grad, während seine Knie zusammensackten. Dann schlug Gerhard noch einmal zu, traf diesmal den Hinterkopf.

Nestor brüllte: »Um Gottes willen! Junge!«

Jetzt lag Christian neben der Kuhle mit dem Gesicht nach oben. Die Augen starren Nestor an, als er sich über ihn beugte. Ganz erschrocken schaute er seinem Sohn ins Gesicht und stammelte: »Du hast ihm das Genick gebrochen.«

» $\mathbf{B}$ ist du für heute fertig mit deinem Liebesgeplänkel?«, fragte Antek seinen Cousin, als er von einem Treffen mit Angela zurück war.

»Nur kein Neid.«

»Und deine Zungenspiele genitaler und sonstiger Art hast du auch absolviert?«

»Antek Spielmann, jetzt reiß dich zusammen!«

»Gut, dann können wir ja vielleicht mal zum Ernst des Lebens zurückkehren. Du hast mir diesen Borat-Badeanzug geschenkt. Ich würde etwas dafür geben, wenn du in diesem Teil um den Lautenthaler Marktplatz gehen musst, in Gummistiefeln natürlich. Und als krönenden Abschluss nimmst du dann ein Bad im Brunnen.«

»Das hatte ich eigentlich dir zugedacht, mein Lieber.«

»Gut. Mein Wettvorschlag: Wir gehen übermorgen in dieses fantastische XXL-Restaurant hier in Lautenthal und veranstalten ein Wettessen. Und der Verlierer wird dann seine Wettschulden am Samstag einlösen.«

»Wenn du wüsstest, wie viel ich essen kann, hättest du diesen Vorschlag nicht gemacht. Aber gut. Abgemacht.«

Sie reichten sich die Hand und beide grinsten siegesgewiss. Antek hatte schon mal die zwei Meter lange Currywurst geschafft. Und er konnte sich beim besten Willen nicht vorstellen, dass Jakub das auch gelingen würde.

Es war mittlerweile fast Mitternacht. Aber beide waren nicht im Geringsten müde. Die Nacht war mild. Da kam Jakub auf eine Idee: »Sag mal, Antek, deine Oma hat mir eine furchtbar schaurige Geschichte erzählt. Von einem Mann ohne Kopf, der im Zug steht und winkt. Hättest du Lust, jetzt mit mir dort hinzufahren?«

»Also, da fahren schon lange keine Züge mehr. Die Bahnschienen sind abmontiert. Ob das so zum Gruseln ist, weiß ich nicht.«

»Na, immerhin hast du da in der Gegend einen Toten gefunden, und die Polizei zusätzlich noch den Totenschädel. Reicht das nicht zum Gruseln?«

»Im Prinzip schon. Und vielleicht tut uns ja der Zug den Gefallen und fährt heute Nacht für uns noch mal vorbei, ob mit oder ohne Schienen.«

»Gut, dann raff dich auf.«

Kapitel 43

Nestor wollte nach dem Vorfall sofort abreisen. Er war zutiefst schockiert darüber, mit welcher Brutalität sein Sohn Christian Batz niedergeschlagen hatte. Aber Gerhard behielt die Ruhe. Er nahm die Pistole an sich und fand in der Jackentasche von Batz auch seine Autoschlüssel. Er verstaute die ausgegrabenen Gegenstände in einer mitgebrachten Sporttasche und ging mit seinem Vater zum Auto. Da kam Gerhard auf die Idee, den Autoschlüssel von Batz an dem Wagen auszuprobieren, der bei ihrem Mietauto stand. Er passte. Sicherlich wäre es gut, wenn sein Wagen hier nicht stehen würde, falls man ihn suchen sollte. Also fuhr er mit dem Auto voraus und sein Vater im Mietwagen hinterher. Nach zwanzig Minuten fanden sie eine Stelle an einer Talsperre, wo sie den Wagen abstellten und fuhren dann zurück nach Bad Grund ins Hotel.

Gerhard konnte seinen Vater schließlich überreden, noch zu bleiben, um in einer weiteren Aktion den Schatz des Großvaters zu bergen. Aber zunächst hieß es abwarten, bis man die Leiche gefunden und sich dann irgendwann wieder alles beruhigt hatte. Für den Fall, dass ihnen die Polizei jemals auf die Spur kommen sollte, verabredeten sie, dass Gerhard in Notwehr gehandelt habe. Christian Batz hätte sie mit der Pistole bedroht, das wollten sie aussagen. Und es war ja auch so gewesen. Aber wie sollte die Polizei ihnen denn jemals auf die Spur kommen?

Doch dann bekam er heute Nachmittag, als er gerade in Goslar war, einen Anruf seines Vaters, der auf Spanisch mit ihm redete: »Hör mir gut zu, Junge, und stelle keine Fragen. Ich bin bei der Polizei in Goslar. Sie haben den Schatz in meinem Hotelzimmer gefunden. Ich weiß nicht, ob ich verhaftet werde. Aber sie wissen nichts von dir. Also bezahle die Hotelrechnung, am besten in bar, und dann mach, dass du wegkommst. In Argentinien kann dir niemand etwas. Wenn sie erst erfahren, dass du auch hier bist, ist es zu spät.«

Das war ein Schock gewesen. Aber Gerhard dachte rational. Er fuhr ins Hotel, packte seine Sachen, zahlte die Rechnung und fuhr dann in der Gegend herum und kaufte eine Spitzhacke und einen Spaten, einen Leinensack, Klebeband und ein paar weitere Utensilien. Um halb zwölf, als es richtig dunkel war, parkte er den Wagen, gut versteckt, auf einem Waldweg zwischen Silbernaal und Bad Grund. Dann machte er sich auf den Weg mit dem neu erstandenen Werkzeug. Die Pistole, die er Christian Batz abgenommen hatte, nahm er vorsichtshalber mit. Um nichts in der Welt würde er den Schatz seines Großvaters hier liegenlassen. Die Polizei konnte von der Existenz dieses Schatzes nichts wissen. Und seinem Vater konnte auch keiner etwas. Sie würden ihn bestimmt wieder laufen lassen. Vor allem würde er nichts sagen. Er war ein charakterfester Mann.

Er hatte ein ordentliches Stück zu laufen. Aber den Wagen direkt an der Straße in Silbernaal zu parken, war ihm zu heikel. So kurz vor dem Ziel durfte er kein Risiko eingehen. Schließlich fand er die Stelle. Das Loch, das Batz gegraben hatte, war inzwischen wieder zugeschaufelt worden. Zwei Meter daneben fing er an, den widerspenstigen, verwurzelten Waldboden mit der Spitzhacke zu bearbeiten. Ein hartes Stück Arbeit lag vor ihm. Aber möglicherweise handelte es sich um die lohnendste Arbeit seines Lebens.

Kapitel 44

Nicht nur Antek und Jakub konnten nicht schlafen. Auch Ingrid und ihre Tochter Regine waren noch hoch aktiv. Sie saßen mit Karol zusammen und Ingrid erzählte zum ersten Mal, seit er hier war, über die alten Zeiten. Karol bekam ein ganz verklärtes Bild von seinem Vater. Als sie dann berichtete, unter welchen Umständen er zu Tode kam, dass er hingerichtet wurde, weil er Ingrid geliebt hatte, lief ihm eine kleine Träne das Gesicht hinunter. Was hätte er dafür gegeben, seinen Vater kennenzulernen!

»Und nach dem Krieg konnten dann die ganzen Fremdarbeiter, die noch lebten, zurück in ihre Heimat?«, fragte Karol.

»Ja, natürlich«, sagte Ingrid. »Nur, das war nicht so einfach. Die Amerikaner haben sie sofort freigelassen, ebenso wie die Kriegsgefangenen. Aber wie sollten sie nach Hause kommen? Und wovon sollten sie leben? Es war alles so unorganisiert. Durch manche Orte zogen diese armen Menschen und marodierten oder bettelten. Es gab sogar Mord und Totschlag. Die Bevölkerung hatte kaum etwas zu essen. Und die Befreiten erst recht nicht. Nur das, was die Amerikaner ihnen gaben. Aber damit bis nach Polen, Jugoslawien oder Russland zu kommen, war praktisch unmöglich. Sie mussten sich unterwegs etwas beschaffen. Und wer es dann bis nach Hause geschafft hatte, der war nicht immer willkommen. Viele wurden als Verräter angesehen. In Russland ging es sogar so weit, dass man viele Zwangsarbeiter und Kriegsgefangene ins Lager gesteckt hat. Vom Nazilager in den Gulag. Das habe ich natürlich erst viel später erfahren. Antek wäre natürlich mehr als willkommen gewesen, wenn er noch den Weg nach Hause geschafft hätte. Aber er hat das Ende ja leider nicht mehr erlebt.«

Das war der erste Abend, an dem Ingrid mit Karol und Regine über dieses Thema offen geredet hatte. Sie waren alle

Teil einer schlimmen Vergangenheit. Aber das Glücksgefühl, dass für sie etwas Gutes daraus erwachsen war, überwog. Karol konnte wieder nach Hause fahren in dem Wissen, dass es am Ort des Leidens seines Vaters Menschen gab, die ihm wohlgesonnen waren. Er hatte eine Schwester gefunden, der er etwas bedeutete und die er sofort ins Herz geschlossen hatte.

Es war spät geworden. Gegen halb eins beschlossen die drei, schlafen zu gehen.

Kapitel 45

Etwa um halb eins kamen Antek und Jakub in Silbernaal an. In den paar Häusern, die an der Straße standen, war kein Licht mehr. Die ganze Gegend war wie ausgestorben. Sie stellten ihren Wagen am Straßenrand ab und machten sich mit Taschenlampen auf den Weg. Es war Vollmond. Die Nacht war mild. Die beiden gingen ganz langsam und unterhielten sich gedämpft. Es war schon etwas unheimlich. Aber genau deshalb waren sie ja hier.

Nach einer Weile sagte Antek: »Da vorne ist Licht. Das müsste die Stelle sein, wo der Tote gelegen hat. Das ist ja seltsam. Wer geistert denn da um diese Zeit herum?«

Abrupt blieben sie stehen.

»Was machen wir denn jetzt?«

»Na, nachsehen, wer da ist«, war Jakubs Antwort.

Antek zögerte noch. Er dachte nach. Der Mörder von Christian Batz war schließlich noch nicht gefasst, soweit er wusste. Aber warum sollte der Mörder noch mal wiederkommen? Wahrscheinlich waren das nur Abenteurer, so wie Jakub und er selbst, die sich einfach einen kleinen Kick holen wollen. Nachts an die Stelle gehen, wo ein Mord geschehen war.

»Okay, wir gehen weiter, Jakub.«

Sie waren noch keine fünfzig Meter gegangen, da erlosch das Licht in dem Waldstück, das sie ansteuerten.

»Vermutlich haben die unser Licht gesehen und es mit der Angst gekriegt. Bestimmt hauen sie jetzt ab«, meinte Antek.

Kurz danach waren sie an der Stelle, wo Antek den Toten gefunden hatte. Zuerst sahen sie, dass da Werkzeug herumlag. Eine Spitzhacke und ein Spaten. Auch zwei Sporttaschen waren zu erkennen. Dann richtete sich der Spot ihrer Taschenlampen auf das Loch, an das sie, magisch angezogen, herantraten. Es war nicht zu fassen, aber da lagen Goldbarren.

Die oberen waren von der Erde, die sich darauf befunden hatte, notdürftig befreit worden. Darunter mussten sich noch mehr Barren befinden. Den beiden Männern wurde gleichzeitig flau im Magen. Wer immer hier gegraben hatte, musste noch hier sein. Niemand würde solch einen Schatz liegenlassen und abhauen, nur weil jemand kam.

Dann knackte plötzlich etwas und eine neue Lichtquelle tat sich auf. Etwa zehn Meter entfernt stand ein Mann und richtete mit der einen Hand seine Taschenlampe auf sie und mit der anderen eine Pistole.

»Was wollt ihr hier?«

Antek und Jakub waren so erschrocken, dass keiner von beiden ein Wort herauskriegte.

»Legt eure Taschenlampen langsam auf den Boden. Richtet das Licht auf euch, damit ich euch besser sehen kann. Und dann nehmt die Hände hoch.«

Sie taten, was er sagte. Von dem Mann sahen sie nur die Umrisse, da er seine Lampe mit ausgestrecktem Arm auf sie richtete. Er hatte einen merkwürdigen Akzent. Und er hörte sich sehr entschlossen an.

»Du da«, jetzt deutete er mit der Pistole auf Antek, »geh langsam zu der hellen Tasche. Darin findest du Klebeband. Hol es raus und komm wieder her.«

Antek tat, was der Mann verlangte, fand eine Rolle Klebeband und stellte sich wieder neben Jakub.

»Und jetzt binde deinem Freund die Hände zusammen.« Umständlich und zittrig rollte er ein Stück Band ab und führte die Rolle dann zweimal um Jakubs zusammengefaltete Handgelenke.

»Mehr! Mach weiter, bis ich dir sage, dass es genug ist.«

Nach fünfmaligem Umrunden der Handgelenke sagte der Mann: »Das reicht. Und jetzt setzt euch beide an diesen Baum.«

Er deutete auf eine große Fichte ein paar Meter von der Grube entfernt. Sie gehorchten. Dann musste Antek sich

Klebeband um eines seiner Handgelenke rollen. Der Mann legte seine Taschenlampe auf den Boden und kam näher, wobei er die Pistole auf Anteks Kopf richtete. Mit der freien Hand wickelte er die Rolle nun um Anteks zwei Handgelenke, ging anschließend mehrfach um den Baum herum und fixierte die Oberkörper der beiden. Dann riss das Band plötzlich. Das muss reichen, sagte der Mann zu sich. Ich bin ja gleich weg. Antek hatte sein Handy an einem Haltegurt seiner Hose befestigt. Der Mann nahm es ihm ab, legte es auf einen Stein und trat drauf. Im Anschluss daran untersuchte er Jakub und erfühlte dessen Handy in der Brusttasche seines Hemdes. Da diese von dem Klebeband verschlossen war, riss er sie auf und zerstörte auch sein Handy. Dann ging er zur Grube und holte Barren für Barren heraus, insgesamt zwanzig Stück, die er auf seine zwei mitgebrachten Sporttaschen verteilte. Auf jedem Barren war 1kg eingraviert. Trotz des Zwischenfalls war der Mann vor Freude erregt. Er schaltete zwei Taschenlampen aus und warf sie in den Wald. Eine benutzte er, während er sich über jede Schulter eine Tasche hängte und vor Anstrengung keuchend Richtung Norden verschwand.

Als er außer Reichweite war, sagte Jakub: »So, und wo ist nun der Zug mit dem kopflosen Mann?«

»Du Arschloch, jetzt hilf mir lieber, mein Handy aus der Hosentasche zu kriegen, sonst sitzen wir morgen noch hier.«

»Dein Handy ist kaputt.«

»Das war mein privates, aber ich habe noch mein Diensthandy bei mir.«

»Wie soll ich denn an deine Hose rankommen?«

Dann fingen beide Männer an, mit dem Oberkörper vor und zurück zu wippen. Der Mann mit dem seltsamen Akzent hatte sie mit dem Klebeband nicht besonders fest am Baum fixiert. Jakub reckte sich mit dem Oberkörper in Richtung Antek und schaffte es schließlich, mit seinen zusammengeklebten Händen an die Hosentasche zu gelangen. Mit den Fingerspitzen schob er es stückweise heraus, bis es auf

Anteks Bauch lag. Jetzt durfte es bloß nicht runterfallen. Unter Aufbietung seiner akrobatischen Fingerfertigkeit schaffte er es schließlich, es aufzuklappen. Die Tastatur leuchtete auf. Gott sei Dank hatte Antek vergessen, es auszuschalten. Nun gab er Jakub Anweisung, wo er zu drücken hatte. Zum Glück hatte er eine Kurzwahl für Kommissar Schneider gespeichert. Es gelang Jakub auf Anhieb, mit seinen zusammengebundenen Händen die richtigen Tasten zu treffen. Dann wählte das Gerät.

Kapitel 46

Mitten in der Nacht summte das Diensthandy von Kommissar Schneider. Nach dem dritten Ton wurde er schließlich wach, stieg benommen aus dem Bett, um seine Frau nicht zu stören. Auf dem Flur drückte er dann auf die Gesprächsannahme.

»Schneider hier.«

»Hier ist Antek Spielmann. Man hat mich und meinen Freund gekidnappt. Wir sind an der Stelle, wo ich den Toten gefunden habe. Der Mann hat uns an einem Baum gefesselt. Wir kommen nicht weg.«

Antek brüllte fast, da er fürchtete, dass Schneider ihn schlecht verstand. Schließlich lag das Handy auf seinem Bauch, und Jakub halb auf ihm, unfähig, seine Position zu verändern.

Aber Schneider verstand und erfasste die Situation richtig. Er brüllte zurück: »Alles klar. Ich bin schon unterwegs.«

»Halt, Herr Schneider! Der Mann ist in Richtung der Straße abgehauen, die nach Bad Grund führt.«

»Verstanden. Ich komme.«

Schneider verständigte seine Dienststelle. Die Kollegen riefen sofort in Clausthal an, weil es von der dortigen Polizeiwache nur ein paar Minuten bis zum Tatort waren. Parallel machte sich ein Wagen mit Polizisten aus Goslar auf den Weg. Während er sich Jeans und T-Shirt anzog, holte Schneider, der sein Diensthandy immer noch in der Hand hielt, zwei seiner Mitarbeiter, Bernd Höfling und Nina Liebe, aus dem Bett. Danach stürzte er aus dem Haus und sprang in seinen Wagen.

Gerhard Buchheim war völlig nass geschwitzt, als er im Schein seiner Taschenlampe seinen Wagen entdeckte. Zwanzig Kilo Gold in dieser Eile fortzuschaffen, war anstrengender, als er geglaubt hatte. Nur noch zwanzig Meter, dachte er, dann ist es geschafft. Er hechelte und hörte gar nicht, dass es hinter ihm knackte, merkte nicht, dass sich etwas bewegte. Er nahm gerade noch einen Schatten wahr. Aber da spürte er auch schon einen Schlag im Genick. Seine Beine wurden weich wie Butter. Dann wurde es finstere Nacht um ihn.

Kapitel 47

Nur eine halbe Minute, nachdem der Mann Gerhard Buchheim niedergestreckt hatte, war die Clausthaler Polizei vor Ort. Der Täter war gerade damit beschäftigt, sich die beiden Taschen seines Opfers umzuhängen, die die zwanzig Goldbarren enthielten. Er versuchte gar nicht mehr, wegzulaufen. Der Überraschungseffekt war so groß, dass er kapitulierte. Gerhard Buchheim kam schnell wieder zu sich.

Als eine Viertelstunde später Kommissar Schneider und seine Mitarbeiter Nina Liebe und Bernd Höfling, jeder mit eigenem Auto, eintrafen, waren auch schon zwei Polizisten zu den gefesselten Männern, Jakub und Antek, aufgebrochen.

Schneider sagte nur: »Nanu, Herr Claus. Was machen Sie denn hier mitten in der Nacht? Mit Ihnen hätte ja nun gar nicht gerechnet. So kann man sich täuschen.« Und an den anderen Mann gerichtet, der noch am Boden saß und sich von dem Schlag erholte, den Erwin Claus ihm versetzt hatte: »Und Sie sind dann wohl Gerhard Buchheim?«

Dieser stieß einen Fluch auf Spanisch aus und ergänzte dann auf Deutsch: »Ich habe mir nur geholt, was mir gehört.«

»Darüber werden wir in aller Ruhe reden«, war Schneiders Antwort. »Aber jetzt schauen wir erst mal nach den Gekidnappten.«

Schneider und Nina Liebe machten sich auf den Weg in den Wald. Als sie die Stelle erreichten, hatten die Polizisten die beiden bereits befreit. Kommissarin Liebe konnte sich angesichts der etwas lädierten Herren natürlich eine Bemerkung nicht verkneifen: »Na, Sie haben wohl einen nächtlichen Ausflug gemacht und dann an Fesselspielen teilgenommen?«

Schneider fuhr ihr schnell über den Mund: »Ninananana!«

Kapitel 48

Natürlich fuhren Antek und Jakub mit nach Goslar, um ihre Aussage zu machen. Und das zog sich ziemlich lang hin, weil Kommissar Schneider sie bat, noch dazubleiben, bis man die beiden Täter vernommen hatte, um bei eventuellen Ungereimtheiten in deren Aussagen noch einmal auf sie zurückzukommen.

Erwin Claus war geständig. Was blieb ihm auch anderes übrig? Allerdings konnte er nicht recht begreifen, was er Schlimmes getan haben sollte. Schließlich hatte er einen Mann außer Gefecht gesetzt, der zwei Menschen in seine Gewalt gebracht hatte.

Als erfahrener Schatzsucher war ihm klar, dass sein Bekannter Christian Batz nicht wegen einer Bagatelle umgebracht worden war. Also war er einige Tage, nachdem er von Schneider vernommen wurde, an die Stelle in Silbernaal gegangen und hatte alles mit einem Metalldetektor abgesucht. Und er war fündig geworden. Ausgraben wollte er aber nachts, da in dieser Jahreszeit tagsüber zu viel los war. Die Gefahr, dass Spaziergänger auf ihn stießen, war zu groß. Als er dann letzte Nacht das Ziel erreicht hatte, war er ganz geschockt, dass da bereits jemand am Graben war. Also legte er sich auf die Lauer und wartete ab. Dann kamen die beiden Typen, die von dem Kerl mit der Waffe bedroht und gefesselt wurden. Als der Typ anschließend sage und schreibe zwanzig Goldbarren aus der Grube holte, konnte er nicht mehr anders. Er schlich hinter ihm her und haute dem total erschöpften Kerl eins über die Rübe. Nur eine halbe Minute später war die Polizei da. Aussichtslos für ihn, zu fliehen.

»Herr Claus, warum haben Sie das gemacht?«, fragte Schneider, der ihm das eigentlich nicht zugetraut hatte.

»Ich konnte nicht anders. Jahrelang suche ich überall in den Wäldern herum und finde nichts, was sich wirklich gelohnt hätte. Und dann kommt dieser Kerl und eignet sich das an, was Christian Batz und ich mühselig ausfindig gemacht hatten.«

»Aber Sie sind ein unbescholtener Mensch. Sie können doch nicht aus lauter Raffgier einen schweren Raub begehen!«

»Ich halte das nicht für Raffgier. Und wieso Raub? Ich wollte ihn nur daran hindern, mit dem Gold abzuhauen.«

»Ach so, und Sie hätten das Gold dann natürlich der Polizei übergeben, was?«

»Natürlich.«

Jetzt wurde Schneider, der sich noch nie gern die Nacht um die Ohren gehauen hatte, langsam ungeduldig: »Herr Claus, es ist nicht Ihre Aufgabe, Verbrecher zu stellen. Dafür ist die Polizei zuständig. Und Ihre Pflicht wäre es gewesen, uns zu verständigen. So wie sich die Sache darstellt, haben Sie einen schweren Raub begangen.«

»Das ist doch absurd. Ich will jetzt nach Hause, und morgen nehme ich mir einen Rechtsanwalt.«

»Daraus wird leider nichts. Wenn der Staatsanwalt es so sieht wie ich, dann werden Sie in den nächsten fünf Jahren nicht nach Hause kommen. Das ist nämlich die Mindeststrafe für das, was Sie getan haben.«

Erwin Claus fiel aus allen Wolken. Und Schneider hatte keine Energie mehr, mit diesem uneinsichtigen Menschen zu diskutieren.

»Ich nehme Sie vorläufig fest, Herr Claus. Und morgen früh sollten Sie einen Anwalt anrufen. Dann reden wir weiter. Heute Nacht werden wir das nicht mehr klären.«

Gerhard Buchheim war von einem Arzt untersucht worden, ob er durch den Schlag, den Erwin Claus ihm versetzt hatte, zu Schaden gekommen war. Der Arzt konnte nichts Besorgniserregendes feststellen. Da Buchheim aber ohne Anwalt nichts sagen wollte, gingen Schneider und seine Mitarbeiter nach Hause und verschoben das Verhör auf den Vormittag. Es war mittlerweile vier Uhr. Jakub und Antek dösten zu der Zeit noch in einem Besucherraum herum und waren froh, als Schneider sie nach Hause schickte. Als sie gegen halb fünf Uhr morgens nach Hause kamen, schlichen sie sich ganz ruhig ins Bett.

Um neun saßen Ingrid, Regine und Karol am Frühstückstisch, die sich schon gewundert hatten, dass die beiden nachts nicht nach Hause gekommen waren. Als sie dann mit der Sprache rausrückten, was letzte Nacht geschehen war, entrüstete sich Regine: »Ihr dummen Bengels! Wie kann man sich nachts im Wald herumtreiben? Noch dazu an einer Stelle, wo erst vor kurzem ein Mensch umgebracht wurde. Wenn ihr euch wie dumme Jungen benehmt, werdet ihr auch so behandelt. Ich glaube, ihr habt Stubenarrest verdient.«

»Nun sei doch nicht so empfindlich, Mama«, versuchte Antek zu beschwichtigen.

»Wir machen das auch bestimmt nicht wieder. Wir legen uns jetzt nochmal aufs Ohr. Und heute Abend gehen wir essen.«

Als der Anwalt, den Gerhard Buchheim gerufen hatte, am späten Vormittag kam, unterhielt dieser sich erst mal eine ganze Weile mit ihm. An der anschließenden Vernehmung nahmen Schneider und Nina Liebe teil. Buchheim, der übernächtigt und erschöpft aussah, war sehr wortkarg. Er erklärte nur ganz kurz, dass er und sein Vater Christian Batz an dem besagten Abend dabei erwischt hatten, wie er sich allein daran gemacht hatte, den Schatz auszugraben. Als sie ihn zur Rede stellten, habe Batz dann eine Pistole gezogen und sie bedroht. Daraufhin hat er mit dem Spaten zugeschlagen. Eigentlich wollte er die Waffe treffen. Der Spaten landete aber im Gesicht, und dann noch einmal auf dem Hinterkopf. Der Anwalt, Dr. Schmidtke, den Schneider schon lange kannte, konstatierte: »Das ist natürlich ein typischer Fall von Notwehr.«

»Wir werden sehen«, meinte Schneider. »Und dass Sie dann die Pistole mitgenommen haben und den Wagen verschwinden ließen und dass Sie letzte Nacht zwei Männer mit dieser Pistole bedroht und sie dann gefesselt haben, war das auch Notwehr?«

Der Anwalt riet seinem Mandanten, zunächst einmal zu schweigen. Außerdem wollte er einen Kollegen bitten, sich des Vaters, Nestor Buchheim, anzunehmen. Der Vater könne dann sicherlich die Aussage seines Sohnes bestätigen. Also wurden weitere Vernehmungen von Vater und Sohn auf den Nachmittag verschoben.

»Dieser Anwalt ist doch ein gewitzter Hund«, sagte Nina zu ihrem Chef, als sie zusammen in Schneiders Büro saßen.

»Ich würde sagen, er ist einfach nur ein guter Anwalt, der seinen Job macht. Wenn ich mal jemanden umbringe, würde ich ihn wohl auch als Verteidiger nehmen.«

»Aber es kann doch nicht sein, dass der Mensch jemanden erschlägt und dann davonkommt, weil es angeblich Notwehr war.«

Schneider verzog abwägend die Mine und antwortete: »Immer mit der Ruhe. Wir haben ja mit der Vernehmung noch gar nicht richtig begonnen. Und für das, was er letzte Nacht veranstaltet hat, muss er in jedem Fall geradestehen.«

Schneider stützte die Ellbogen auf den Tisch, legte den Kopf in die Hände und schwieg. Nina sah ihn an und meinte nach einer Minute des Schweigens: »Woran denken Sie, Chef?«

»Ich denke daran, wie sich alles zusammenfügt. Da bringt der Großvater von Gerhard Buchheim den Großvater von Christian Batz um. Und siebenundsechzig Jahre später bringt der Enkel von Buchheim den Enkel von Batz um. Und beide sterben wegen derselben Sache. Wegen Gold. Aus reiner Habgier. Ist das nicht ein fürchterliches Erbe?«

Nina schüttelte langsam den Kopf und flüsterte: »Das ist ein Wahnsinn.«

Schneider fuhr fort mit seinen Überlegungen: »Und das Verrückteste ist, dass der Mord an dem alten Batz erst jetzt aufgeklärt wurde. Weil diese Frau Katzenmeier nach all den vielen Jahren endlich die Katze aus dem Sack gelassen hat.«

Bei dem Wortspiel musste Nina lachen. Aber Schneider fuhr unbeirrt fort: »Und die alte Frau Spielmann hat lange Zeit gelitten, weil sie der Meinung war, dass ihre Mutter den Ludwig Batz umgebracht hatte. Ihr Leiden ging sogar so weit, dass sie wahrscheinlich Halluzinationen hatte. Sie hat jahrelang immer wieder einen Zug an ihrem Haus vorbeifahren sehen, aus dem ein Mann ohne Kopf gewunken hat. Für sie war das völlig real. Mein Gott, wie muss diese Frau gelitten haben.«

»Sie mögen die alte Dame.«

»Oh ja. Und ihren Enkel Antek, den Sie ja letzte Nacht kennengelernt haben, mag ich auch. Obwohl er natürlich ein verrückter Kerl ist. Aber wären er und sein Cousin nicht nachts an diese Stelle gewandert, hätten wir wahrscheinlich heute nicht die beiden Täter, Gerhard Buchheim und Erwin Claus.«

»Was den Todesfall Batz angeht, da werden wir aber noch ganz schön strampeln müssen, um dem Buchheim Mord oder Totschlag nachzuweisen.«

»Wir werden unser Bestes geben, um die Wahrheit herauszufinden«, erwiderte Schneider, »damit der Staatsanwalt dann eine schöne Anklage zurechtbasteln kann. Sollte es wirklich Notwehr gewesen sein, dann ist es eben so. Letztendlich geht es um Gerechtigkeit.«

Kapitel 49

Abends im *Harzer Schnitzelkönig* bestellten Antek und Jakub je eine zwei Meter lange Currywurst mit Pommes. Beide hatten seit dem Morgen nichts mehr gegessen. Und um ihren Kalorienbedarf zu steigern, waren sie nachmittags auch noch ins Bürgerbad gegangen, um eine Runde zu schwimmen. Jakub hatte auch einen riesigen Appetit. Bei Antek hingegen trat nach dem ersten Meter Currywurst allmählich ein gewisser Sättigungsgrad ein. Aber natürlich tat er so, als sei er noch immer völlig ausgehungert. Als Jakub seine Wurst mit drei Bier heruntergespült hatte, lagen bei Antek noch gut vierzig Zentimeter auf dem Teller.

»Wenn ich dir helfen soll, Antek, musst du es sagen.«

»Nein, nein, es geht noch.«

»Gut, wenn du deine Wurst auch aufisst, würde ich sagen, bestellen wir als nächstes diesen Monster-Burger. Wer als Erster aufgibt, hat die Wette verloren.«

Antek atmete lange aus und sagte schließlich:

»Leck mich! Du hast gewonnen. Ich ziehe morgen diesen fantastischen Badeanzug an und gehe im Brunnen baden. Bist du nun zufrieden?«

»Aber natürlich.«

»Na, dann lass uns endlich gehen. Ich brauche Bewegung.«

Draußen stieß Antek dann einen Rülpser aus, der einem Walross zur Ehre gereicht hätte, während Jakub in sich hinein lachte. Als Antek schon schlief, setzte Jakub sich an seinen Laptop und schrieb etliche Beiträge an die Web-Communities in der Region, um auf das morgige Antek-Brunnen-Event aufmerksam zu machen. Denn ohne Zuschauer wäre es ja nur der halbe Spaß.

Kapitel 50

Relativ entspannt zog Antek seinen knallgrünen Borat-Badeanzug an, und dazu seine gelben Gummistiefel. Mutter, Oma und Karol waren nicht zu Hause, sodass keine Gefahr bestand, Erklärungen abgeben zu müssen. Außerdem: Lautenthal an einem Samstagnachmittag, das ist ohnehin tote Hose. Vielleicht würden sich zwei oder drei Leute zufällig um den Markt herum aufhalten und ihn in seinem Aufzug sehen. Na und! Dann setzten Jakub und er sich ins Auto und fuhren los. Als sie am Markt um die Ecke bogen, sahen sie die vielen Menschen. Antek bekam vor Staunen den Mund nicht mehr zu. Ganz unten an der Straße hielt jemand ein Schild hoch: *„Reserviert für Antek"*. Das war auch der einzig freie Parkplatz weit und breit. Er parkte ein. Jakub sprang aus dem Wagen und öffnete die Fahrertür für Antek. Einmal tief durchgeatmet, und dann stieg Antek aus. Von wegen zwei, drei Leute. Das mussten mindestens hundert sein. Vielleicht sogar zweihundert.

»Was, um alles in der Welt, machen all diese Leute hier?«

»Die haben bestimmt meine Ankündigung im Internet gelesen, und dann hat es sich verbreitet wie ein Lauffeuer«, war Jakubs strahlend-freudige Antwort.

»Du hast die Stunde meiner Schmach im Internet angekündigt? Ich glaube, ich erwürge dich.«

»Kannst du gern tun. Aber zuerst gehst du einmal rund um den Platz, und dann nimmst du ein Bad im Brunnen.«

Alle möglichen Leute, die Antek kannten, riefen ihm etwas zu. Es gab ein Gegröle und Gelächter.

»Scheiß drauf. Kopf hoch, auch wenn der Hals dreckig ist«, sagte Antek laut genug, dass es einige Leute um ihn herum hören konnten. Dann marschierte er los. Der schräge Marktplatz von Lautenthal besteht aus einer rechteckigen Grünfläche mit einem Springbrunnen ziemlich weit am unteren Ende. Und ringsherum führt eine Straße, an der Haus an Haus steht. Es ist der Mittelpunkt des Städtchens.

Zuerst ging Antek also bergauf. Da der Bürgersteig voller Menschen war, ging er mitten auf der Straße. Dann oben längs und wieder bergab bis zum Springbrunnen. Dort mussten die Leute erst mal den Weg freimachen, damit er überhaupt zum Brunnen gelangen konnte. Inzwischen waren noch viel mehr Menschen da. Und aus allen Fenstern wurde geglotzt und gelacht. Dann bog von oben rechts auch noch eine Hochzeitsgesellschaft um die Ecke, die wohl gerade aus der Kirche kam. Allen voran der Pastor. Und alles strömte Richtung Brunnen. Ununterbrochen wurden Fotos gemacht. Egal, dachte Antek, es ist gleich vorbei. Er stieg in den Brunnen, der nur knapp einen halben Meter tief war, und legte sich flach auf den Rücken, den Kopf ganz untergetaucht.

Als er die Augen öffnete, bekam er einen Höllenschreck. Nein, das nicht auch noch! Das durfte jetzt einfach nicht wahr sein. Also schnell wieder Augen zu. Aber so konnte er nicht ewig liegen bleiben. Allmählich wurde die Luft knapp. Also setzte er sich auf, holte tief Luft und öffnete die Augen. Es war kein böser Traum, sondern bittere Realität. Direkt über ihm stand seine alte Lehrerin Lilly Höschen, die mit ernster Miene und in tadelndem Tonfall sagte: »Antek Spielmann, du bist wahrhaftig der albernste Mensch, der mir jemals im Leben begegnet ist. Du stellst selbst meinen Großneffen Amadeus noch in den Schatten. Und das will schon etwas heißen.«

»Fräulein Höschen, was um Himmels Willen, machen Sie denn hier? Müssen Sie mich in der Stunde meiner größten Schmach auch noch malträtieren?«

»Das besorgst du schon ganz allein.«

Als er sich erhob und aus dem Brunnen stieg, hielt er schamvoll die Hände vor den Schritt. Die dreiundachtzigjährige Lilly Höschen, die noch nie ihren Mund halten konnte, sagte dann auch noch laut und vernehmlich, den Blick auf seine

Hände gerichtet, die das Peinlichste verdecken sollten: »Ach Antek, darauf kommt es jetzt auch nicht mehr an.«

E N D E

Ein paar Worte hinterher

Der Erzbergbau im Harz hat eine lange Tradition. Bereits im 12. und 13. Jahrhundert gab es eine erste lukrative Bergbauperiode. Eine deutliche Wiederbelebung setzte etwa ab 1520 ein. Besonders vom 16. bis zum 19. Jahrhundert erlebte der Bergbau mehrere Blütezeiten. Es entstand eine für damalige Zeiten hervorragende Infrastruktur, und der Harz war eine Region, in der weitreichende technische Erfindungen im Zusammenhang mit dem Bergbau gemacht wurden. Das zum Weltkulturerbe gehörende Oberharzer Wasserregal mit etwa siebzig erhaltenen Teichen zum Betreiben der ebenfalls dort erfundenen Fahrkunst und die Erfindung des Drahtseils sind nur einige der großen Innovationen. Seit 1930 wurden zunehmend Zechen geschlossen. Und in der zweiten Hälfte des 20. Jahrhunderts kam der Bergbau dann ganz zum Erliegen.

Der Ort Silbernaal (silberner Nagel) wurde 1570 zum ersten Mal erwähnt. Bis weit ins 20. Jahrhundert hinein wurde in der Gegend Erz abgebaut. Heute ist noch der Förderturm des Meding-Schachts zu sehen. Die Erzaufbereitungsanlagen und die Hütten sind längst abgebaut, die Bahnlinie, die durch das Innerstetal führte, ebenfalls. Die Natur holt sich vieles von dem einstigen Industrierevier zurück. Der Harz ist zu einem großen, zusammenhängenden Erholungsgebiet und Naturreservat mitten in Deutschland geworden.

Allerdings sollte man nicht vergessen, was der Bergbau für die Menschen in den vergangenen Jahrhunderten bedeutet hat. Die in diesem Buch geschilderten sozialen Verhältnisse mögen aus heutiger Sicht inhuman erscheinen, waren aber im Verhältnis zu denen in anderen Regionen richtungweisend. Einwanderer aus vielen Gegenden hatten im Harz ein besseres

Leben als in ihrer alten Heimat. Die sieben Oberharzer Bergstädte wurden vor allem von Auswanderern aus dem Erzgebirge besiedelt, was an der Sprache erkennbar ist, die trotz der Bemühung vieler Lehrergenerationen glücklicherweise nie ganz ausgerottet werden konnte.

Silbernaal hatte als Ort nie eine große Rolle gespielt. Es war eine Grubensiedlung, in der Bergleute, Hüttenarbeiter und deren Familien lebten. Als Industriestandort hatte es aber seine Blütezeiten. Auch die Bahnhaltestelle war von großer Bedeutung. Für viele Bergleute, die in Bad Grund arbeiteten, war es der Ort, von dem aus sie ihre Arbeitsstelle erreichen konnten.

Die Geschichte des Harzes war sehr wechselhaft. Wie überall in Deutschland, hat besonders die Zeit des Nationalsozialismus schwere Einschnitte gebracht. Eigentlich ist es kurios, dass man heute auf so wenige Spuren aus dieser Zeit stößt. Gäbe es nicht engagierte Menschen, die sich in Geschichtsvereinen dieser Zeit widmen würden, wäre das Wissen um diese dunkle Vergangenheit längst in der Versenkung verschwunden. Das Schicksal von Fremdarbeitern, Kriegsgefangenen und KZ-Insassen, die Sklavenarbeit leisten mussten, die Todesmärsche gegen Kriegsende, die unmenschlichen Arbeitsbedingungen, die ungezählten Opfer der Tyrannei, die es übrigens auch in der ansässigen Bevölkerung gab, all das wäre für immer vergessen.

Zum Glück wurde mir noch einiges davon von Zeitzeugen erzählt, was natürlich einen stärkeren Eindruck hinterlässt als das Lesen in nüchternen Geschichtsquellen. Wer selbst die Bombennächte miterlebt oder gesehen hat, wie Nachbarn „abgeholt" und Zwangsarbeiter misshandelt wurden, der schildert diese Erlebnisse anders als ein Historiker. Dennoch soll an dieser Stelle all denen ein großer Dank zum Ausdruck gebracht werden, die sich mit diesem Teil der Geschichte befassen und damit vor dem Vergessen bewahren.

Es ist auch an der Zeit, mich einmal bei meinem Lektor zu bedanken, der hier mit mir bereits mein sechstes Buch gemacht hat. Er heißt Sascha Exner und ist mein Sohn.

Helmut Exner

Helmut Exner (Foto: Ania Schulz)

Über den Autor

Helmut Exner wurde 1953 in Lautenthal im Harz geboren und ging in Clausthal-Zellerfeld zur Schule. Nach langen Wanderjahren, die ihn in verschiedene Verlagshäuser geführt haben, lebt er heute in Duderstadt im Harzvorland. Seiner Heimat fühlt er sich zutiefst verbunden. Als besonderes Glück empfindet er den Wegfall der Grenze im Jahre 1990, die den Harz vierzig Jahre lang durchzogen hatte.

Sein Romandebüt hatte er 2010 mit »*Die Frauen von Janowka*«, wo er ein Stück der eigenen Familiengeschichte im Kontext zur Geschichte des 20. Jahrhunderts aufbereitet. Das Buch ist inzwischen auch in englischer Sprache erschienen.

Seine Kriminalromane, mittlerweile 21 an der Zahl (Stand: 2024), sind dominiert von der beliebten Seriengestalt Lilly Höschen. Es ist die Mischung von Spannung, Wortwitz und einem Hang zum Skurrilen, die die Originalität dieser Bücher ausmacht. »*Die Toten von Silbernaal*« ist mit Herzblut geschrieben, weil die Thematik ihn besonders berührt und als Nachgeborener der Kriegsgeneration auch etwas mit ihm selbst zu tun hat.

Der Autor ist im Internet erreichbar unter:

f *FACEBOOK.DE/HelmutExnerAutor*

🌐 *HELMUTEXNER.DE*

🌐 *HARZKRIMIS.DE*

7. Aufl. 2022, 224 Seiten
Taschenbuch 12,5 x 19 cm
ISBN 978-3-96901-032-7
€ 9,95 (inkl. 7% MwSt.)
auch als eBook erhältlich

3. Aufl. 2014, 176 Seiten
Taschenbuch 12 x 18,5 cm
ISBN 978-3-936318-92-0
€ 9,95 (inkl. 7% MwSt.)
auch als eBook erhältlich

1. Aufl. 2012, 156 Seiten
Taschenbuch 12 x 18,5 cm
ISBN 978-3-943403-17-6
€ 9,95 (inkl. 7% MwSt.)
auch als eBook erhältlich

2. Aufl. 2020, 140 Seiten
Taschenbuch 12,5 x 19 cm
ISBN 978-3-947167-98-2
€ 9,95 (inkl. 7% MwSt.)
auch als eBook erhältlich

2. Aufl. 2018, 171 Seiten
Taschenbuch 12,5 x 19 cm
ISBN 978-3-947167-35-7
€ 9,95 (inkl. 7% MwSt.)
auch als eBook erhältlich

2. Aufl. 2017, 164 Seiten
Taschenbuch 12,5 x 19 cm
ISBN 978-3-943403-99-2
€ 9,95 (inkl. 7% MwSt.)
auch als eBook erhältlich

1. Aufl. 2013, 130 Seiten
Taschenbuch 12 x 18,5 cm
ISBN 978-3-943403-31-2
€ 9,95 (inkl. 7% MwSt.)
auch als eBook erhältlich

2. Aufl. 2019, 164 Seiten
Taschenbuch 12,5 x 19 cm
ISBN 978-3-947167-76-0
€ 9,95 (inkl. 7% MwSt.)
auch als eBook erhältlich

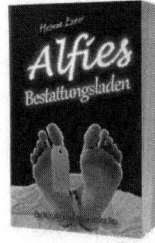

3. Aufl. 2020, 216 Seiten
Taschenbuch 12,5 x 19 cm
ISBN 978-3-947167-85-2
€ 9,95 (inkl. 7% MwSt.)
auch als eBook erhältlich

2. Aufl. 2022, 216 Seiten
Taschenbuch 12,5 x 19 cm
ISBN 978-3-96901-036-5
€ 9,95 (inkl. 7% MwSt.)
auch als eBook erhältlich

1. Aufl. 2015, 172 Seiten
Taschenbuch 12 x 18,5 cm
ISBN 978-3-943403-55-8
€ 9,95 (inkl. 7% MwSt.)
auch als eBook erhältlich

1. Aufl. 2016, 133 Seiten
Taschenbuch 12 x 18,5 cm
ISBN 978-3-943403-58-9
€ 9,95 (inkl. 7% MwSt.)
auch als eBook erhältlich

2. Aufl. 2019, 164 Seiten
Taschenbuch 12,5 x 19 cm
ISBN 978-3-947167-67-8
€ 9,95 (inkl. 7% MwSt.)
auch als eBook erhältlich

2. Aufl. 2021, 176 Seiten
Taschenbuch 12,5 x 19 cm
ISBN 978-3-96901-029-7
€ 9,95 (inkl. 7% MwSt.)
auch als eBook erhältlich

1. Aufl. 2018, 128 Seiten
Taschenbuch 12,5 x 19 cm
ISBN 978-3-947167-18-0
€ 9,95 (inkl. 7% MwSt.)
auch als eBook erhältlich

1. Aufl. 2018, 128 Seiten
Taschenbuch 12,5 x 19 cm
ISBN 978-3-947167-32-6
€ 9,95 (inkl. 7% MwSt.)
auch als eBook erhältlich

1. Aufl. 2019, 140 Seiten
Taschenbuch 12,5 x 19 cm
ISBN 978-3-947167-68-5
€ 9,95 (inkl. 7% MwSt.)
auch als eBook erhältlich

2. Aufl. 2022, 192 Seiten
Taschenbuch 12,5 x 19 cm
ISBN 978-3-96901-030-3
€ 9,95 (inkl. 7% MwSt.)
auch als eBook erhältlich

1. Aufl. 2022, 180 Seiten
Taschenbuch 12,5 x 19 cm
ISBN 978-3-96901-040-2
€ 9,95 (inkl. 7% MwSt.)
auch als eBook erhältlich

1. Aufl. 2023, 180 Seiten
Taschenbuch 12,5 x 19 cm
ISBN 978-3-96901-061-7
€ 9,95 (inkl. 7% MwSt.)
auch als eBook erhältlich

1. Aufl. 2024, 176 Seiten
Taschenbuch 12,5 x 19 cm
ISBN 978-3-947167-93-8
€ 9,95 (inkl. 7% MwSt.)
auch als eBook erhältlich

Helmut Exner & Danilo Hartung
1. Aufl. 2021, 120 Seiten, zahlr. Fotos, 20 Karten
Hardcover, gebunden, 14,8 x 21 cm
ISBN 978-3-96901-024-2
€ 16,95 (inkl. 7% MwSt.)